喚醒你的英文語感！

Get a Feel for English !

喚醒你的英文語感！

Get a Feel for English !

從實境錄音
聽懂老外説英文

作者	西村友美、中村昌弘
原文書名	現地なま録音 アメリカリ英語を聞く
原文出版社	コスモピア

前言

　　明明已經徹底熟習了英語聽力學習書和教材才到英語環境去的，然而在試著與當地人交談時，卻還是無法聽懂對方的英語，實在令人沮喪……您是否也曾有類似經驗呢？本書就是為了幫助有這類經驗的讀者而製作的。

　　發生這類問題的首要原因就是「自然英語」所特有的發音變化。每一個英語單字單獨發音時與多個單字連續發音時，聽起來會不一樣。單字相連時可能發生連結、消失、同化等情況，而某些單字中也可能會有單音脫落的現象。雖然在某個程度上，這些都可以在錄音室中重現，但是自然會話中的發音變化可是超乎想像的。

　　除了發音的變化外，自然的發言中經常會有更正說法、遲疑、重複及文法錯誤等「直接」對話才會產生的元素，但是在錄製聽力練習教材時，多半會排除這些元素。這是因為錄音室錄音並非「原音」的關係。在錄音室裡通常是照著原稿（對話稿）念，所以最多也只是念錯，並不會產生自然對話時的情況。

　　正因如此，CosmoPier 的採訪組特別遠赴美國錄下「原音」。在本書中所介紹的就是這些聲音。在我們堅持「原音重現」的原則下，收集到了許多意料之外的「原音」。最明顯的是在美國多種族文化下所產生的特性。由於錄音中的許多人都非美國出生，所以他們的英語往往都帶有口音。此外，周遭雜音也被錄進來，而談話對象的情感表達亦十分自然，因此更正、重說等這些情況當然也相當頻繁。

對讀者而言，這種「原音」一開始一定很難聽懂，不過請以輕鬆的心情多聽幾遍試試，這樣就應該能漸漸體會當場氣氛。如果能了解發音變化，就可以藉此培養篩選聲音之判斷力，亦即養成排除更正說法等多餘聲音的能力。

為了以階段性方式學會上述能力，本書將內容分成 3 章，並分別解說重點。一開始只要依據各章重點進行學習即可，但是習慣之後，請將已學到的重點自行應用於其他章節單元。如果遇到瓶頸，請多多發揮您的「想像力」與「創造力」。採訪組採訪錄音時所收集到的照片，應該可以幫助您想像出當時情境。繼續再以 Exercise 部分測試您的實力，而 CD 錄音我們特地製做成能比對錄音室錄音之形式。

這種難以靠著一般方法來學習的「原音」形式，到底該如何解說才好，在本書企劃階段時有諸多的討論，我們也曾陷入眾說紛紜、莫衷一是的狀況。而本書之所以能順利誕生，全賴編輯部的熱情支援。身為作者的我們，在此要向這些夥伴們致上最大的謝意。

希望本書能成為實用而且可以快樂學習的聽力訓練書。值得改進的地方還很多，如果讀者能不吝賜教，我們將深感萬幸。

2010 年 2 月　西村友美、中村昌弘

目錄

Chapter 1
注意各種情境中的固定規則

Chapter 2
學習英語的發音變化原理

Chapter 3
習慣對方因情緒產生的不規則發音

本書結構與使用方法

本書共有 24 個單元，分成 3 章。各單元分別由獨立的會話情境構成，同時附有 1~2 分鐘左右的英語對話聲音檔。一開始請先聽這些聲音，不要看內容文字。且聆聽時可依據 Listening Points 處的提示，在某個程度上先掌握接下來的談話內容，以及應注意聽取的部分。聽完聲音檔後，再閱讀文字內容，以針對漏聽的部分及不了解的部分做進一步確認。

學習英語的發音變化原理
連結 / 消失 / 脫落 / 同化 / 削弱音

中村昌弘

本章主要學習的是英語的發音變化。一般而言，只要查查字典裡標記的音標符號，或利用具發音功能的電子辭典來播放發音，就能知道單字的念法。但是，當該單字用於句子或片語中時，其發音方式就不見得都和字典裡寫的一樣。這是因為受到接在其前後單字的影響，發音產生變化。發音變化分成連結、消失、脫落、同化、削弱音等幾類，接著我們就先來了解一下各類發音變化到底是怎麼一回事。

連結（連音）

單字和單字發音連在一起的變化。例如 an apple，除非特地將兩個單字分開發音、念成 [æn æpl]，不然一般都會自然連在一起、念成 anapple [ænæpl]。所謂的連結就是某單字最後面的子音，與下一個單字的第一個母音或半母音連在一起的發音變化。

消失（消音）

例如，get to 通常不念成 [gɛt tu]，而會變成 [gɛtu]。原本兩個連續的相同子音，只發了一個音，這是因為舌頭的運動方式過自然發生的。另外，有類似的音連續出現時，也會產生這種發音消失的現象。例如，有 [s] 和 [ʃ] 相接的 this shop，聽起來就會像 [ðɪʃɑp]。

脫落（省略）

指的是如 winter [wɪntə] 念起來像 winner [wɪnə]、twenty [twɛntɪ] 變成 tweny [twɛnɪ] 等發音的變化。當 n 與 t 相連時，t 會被遮消，而只發出

n 的音。(另外，little 或 butter 的 tt，以及 water 的 t 則被發成類似 [l] 的彈舌音 (tap) [D]，變成 [lɪDl] 或 [bʌDə] 等。這部分並不屬於「省略」，可以先不提。) 這種發音變化就是所謂的脫落，而脫落可說是美式英語的主要發音特徵。

同化（變音）

cats 與 dogs 的 s 發音分別為 [s] 和 [z]。這是因為 cats 的 t 為無聲子音（聲帶不振動的音），所以接著的 s 便成為無聲子音；而 dogs 的 g 為有聲子音（聲帶會振動的音），所以其後的 s 也就成為有聲子音。受前面的發音影響，造成後面的發音產生變化，就稱為「順同化」(progressive assimilation)。

而 have to 中的 ve 被念成 [f]、has to 的 s 則發成 [s] 的這兩者都是受到後面接著的無聲子音 [t] 影響、變成了無聲子音。像這樣受後面的發音影響，造成前面的發音產生變化稱為「逆同化」(regressive assimilation)。另外，want you 念成 [wantʃu]、did you 發成 [dɪdʒu] 這類完全變成不同的發音的變化現象則稱為「相互同化」(由於有時發生，有時又不發生，故也稱「偶發同化」)。

削弱音（弱讀）

指 rock and roll 被念成 [rɑk ænd rol] 變成 rock 'n' roll [rɑkan rol] 的這類變化，亦即不重要的單字發音被弱化之現象。連接詞、代名詞、介系詞、助動詞、be 動詞等若處於不強調的情況下，其發音便會輕輕、較弱。

如上所示，發音變化有許多不同的情況。在了解了這些現象之後希望讀者能有耐心，有毅力地反覆做聽力練習並試著模仿道地的發音方式，讓身體去記憶，以達到能瞬間辨識發音變化的程度。

34　35

總論
進入各章之前，先針對必要的發音相關知識進行解說。

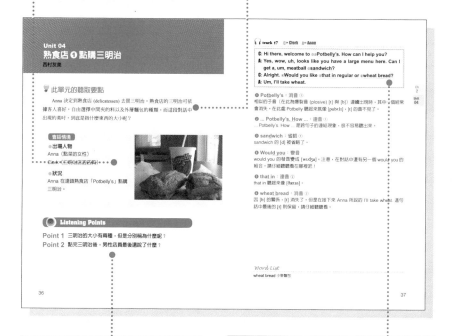

Listening Points
聽 MP3 之前，為了在某個程度上先掌握接下來的談話內容，而在此列出相關問題。只要注意聽取這些問題的答案，便能對會話內容有更深入的了解。

英文會話內容
這是 MP3 中英語會話的內容。舉凡講錯、猶豫、遲疑等對話中聽得到的聲音、語氣全都原原本本地呈現於此。第 2 次聆聽時可邊看此會話內容邊聽，以確認發音與內容。

7

請反覆聆聽對話，直到確實聽懂為止。要是完全聽不懂，可馬上查閱英文會話內容書面文字或聆聽「錄音室錄音」。一邊反覆聽取對話聲音檔，一邊閱讀英文，若有不懂的地方，就查看單字註解或翻譯內容。而行有餘力，也可鎖定某個會話人物，試著進行跟讀練習。

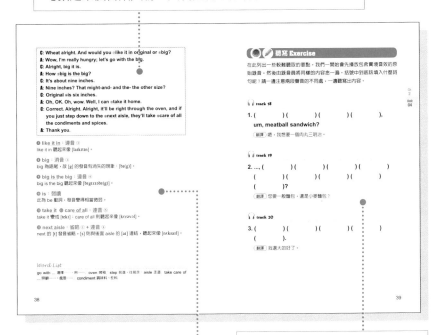

發音重點解說

這是針對該單元「英文會話內容」中，畫底線部分所做的發音特徵說明。

聽寫 Exercise

你到底聽懂了多少對話呢？以聽寫方式來進行自我測驗吧！各單元分別備有 3 題聽寫題。一開始是一小段原音情境對話，然後是在錄音室由錄音員錄下的相同對話內容。請一邊注意聽兩者的發音差異，同時寫下括號中對應的單字。

Potbelly's 熱賣店於德州和五大湖兩邊有許多分店，而這是它的立式看板。正如其宣傳標語 It's like Dinner for Lunch「如晚餐般豐盛的午餐」所述，是間以尺寸及分量取勝的店家。

○△○○ Exercise 解說

1. Can I get a, um, meatball sandwich?
Can I get …? 是表示「我想要……」的固定講法。注意，Can / I / get / a 彼此間分別有發音連結的現象。另外，遇句中間穿插加了不無意義的填空語 um，在聆聽時要留意填進種講法以免被干擾。

2. …, would you like that in regular or wheat bread?
當某物品有多種種類可選擇時，便可利用這種固定講法來表達「你要……A 還是 B？」之意。注意，that 和 in 有發音連結的現象。

3. Let's go with the big.
go with … 是「選擇……」、「用……」的意思。

♪♪ track 21

「實境錄音」都聽懂了嗎？接著比較完整版「錄音室錄音」，並參考翻譯吧！

C：嗨，歡迎光臨 Potbelly's，想點些什麼呢？
A：是，呃，你們的菜色種類好多，總，我想要一個肉丸三明治。
C：好的，您要一般麵包，還是小麥麵包？
A：嗯，小麥麵包好了。
C：好的，小麥麵包，是您要一般尺寸的還是大的？
A：嗯，我真的好餓，我選大的好了？
C：好的，就是大的。
A：大的有多大？
C：大約 9 英吋。
A：9 英吋？那會吃飽……那一般尺寸的呢？
C：一般的是 6 英吋。
A：嗯，呃，喔，嗯，嗯，沒關係我可以帶走。
C：對，好，好，您在旁邊烤好了，請繼續往下一個走進，他們會幫您您想要的所有配料及醬料料。
A：謝謝！

Column 03 Eat this, not that!

自 2007 年 12 月出版以來，銷售已超過 500 萬本的暢銷「飲食指南」《Eat this, not that!》從各家連鎖餐廳或速食店菜單中，選出了卡路里過多的 "not that" 食物，和比較理想的 "eat this" 食物，且以照片並列於跨頁中的形式呈現出來。

而其最新的 2010 年版還把各類最糟菜色刊載於書中。例如，最糟的晚餐就是人氣煎餅店「IHOP」推出的 Top Sirloin Steak Dinner（頂級沙朗牛排），其熱量高達 2380 大卡，光吃一餐就超過一天應攝取的熱量標準。書中表示，若改取 Balsamic Glazed Chicken For Me（葡萄香醋烤雞）的話，你就只會攝取 510 大卡！

即使是對卡路里攝取量毫無顧忌的人，此書也極具話題性，相當值得一讀！

（高井真知子）

錄音室錄音＆翻譯
聆聽由錄音員在錄音室所錄
製的完整版對話內容，確
認發音，並比較一下和實境
錄音的差異。若有不懂的文
句，可參考翻譯！

MP3 曲目内容一覽表

Chapter 1

注意各種情境中的固定規則

注意各種情境中的固定規則

情境預測／聽取重要單字／聽取發音較強烈的字

西村友美

在本章中，我們要關注的是各類會話情境中的固定規則。了解會話背景對於聽取並理解對話內容是很有幫助的。接著就讓我們來預測會話情境，然後注意聽取該情境固定會用到的單字，並了解通常哪些單字的發音會較強烈。

🔊 了解並預測各種情境中的固定規則

我們可以先判斷在什麼狀況下是誰對誰，為了什麼目的而發言。例如，旅館櫃台接受訂房客人登記入住時的對話內容與表達方式、態度感覺，或美術館館內廣播人員對待參觀者及餐廳接待人員對待用餐客人時的說明內容及表達方式、態度感覺等，都會不一樣。

各情境有其固定規則存在。以旅館住宿來說，首先要在櫃台報上自己的姓名，在確認有預約後，櫃台人員會詢問付款方式，有時還會詢問你想要的房型等。而對這類事項的了解與否，將大幅影響你聽取對話內容時的理解程度。

🔊 聽取重要單字

誠如我們剛剛提到的「各個情境都有其固定規則」，同樣地各種情境也有固定常用的單字。以餐廳來說，食材名稱、菜色種類等單字的出現可說是理所當然，所以務必要能聽出這些單字。另外你也可能會被問到喜歡的烹調方式，以及是否吃素等問題。

　　先預想在該情境中某些單字可能出現對聽取內容會很有幫助。如果知道當下對話內容與這些單字有關，就能掌握對話內容，而了解了對話的內容才可能回應對方。針對這點，事先記住單字是最重要的。當然，不只是記憶文字，發音也必須熟習才行。

🔊 聽取發音較強烈的字

　　一般而言，發言內容中的關鍵字，發音較為強烈。英文的發音強弱差異較中文明顯，不過要能聽取發音較弱部分，也需要一些技巧。這部分我們稍後再學習。請先練習徹底聽懂發音強烈的單字吧！

　　那麼具體而言，哪些單字的發音會比較強烈呢？除了各情境中的常用單字之外，我們還能以詞性來分辨。比如像名詞、動詞、形容詞、副詞等，都是本身具有意義的「實詞」(content word)，發音會比較強烈。另外如介系詞、連接詞、冠詞、助動詞等，則是主要用來表示文章中的文法結構關係的「功能詞」(function word)，發音則較弱。

Unit 01
在街上的詢問處問路
西村友美

💡 此單元的聽取要點

　　我們先從掌握「現場原音」的背景情境開始。此單元擷取了問路時的對話場景，所以可預測應該會出現「請乘坐……」、「在右（左）邊」、「從這裡走過去大約……」等表達方式。請試著從固定的說法中，聽取發音強烈的單字吧！

會話情境

● 出場人物
Man（問路的男子）
Woman（問路的女子）
Guide（詢問處的服務人員）

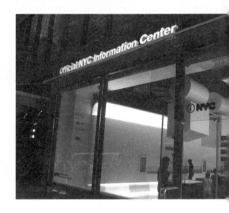

● 狀況
地點在紐約街道上。有一對男女想去熱門觀光景點「時代廣場」，於是向詢問處問路。

🔘 Listening Points

Point 1　詢問處的男性服務人員被問到怎樣才能到達時代廣場。他是如何回答的呢？

Point 2　依據詢問處男性服務人員的說法，可以在哪裡坐巴士？

W: Hello, how are you doing?

M: How are you doing, sir?

G: Good.

W: We just came here and we're wondering ①**how to get to** Times Square.

G: Um, see ... ②**right up on this corner,** ③**along the fence** (W: OK), E Train's at the corner.

W: E Train.

G: ④**Take it up to** 42nd Street and you're right in Times Square.

W: OK.

M: What about the, uh, Gray Line bus service? Is that a bus service for, uh, for tourists?

G: Yeah.

M: 'Cause, you know, when you're in town and we just want ...

Ch
1

Unit
01

❶ **how to get to ...**

「怎樣才能到……？」這是問路時必用的句子。而「我們剛到這裡……」這種切入話題用的句型也可以記起來，以便合併運用。

❷ **right up on this corner** ❸ **along the fence** ❽ **on your left**

on this corner、along the fence、on your left 等都是指引路線時的常用詞句。組合句中會用哪個介系詞，大概都是固定的，所以在指引路線時若出現介系詞，就可預測接下來要說的內容。另外，along the street 這種說法也很常出現。

❹ **Take it up to ...**

take 是很好用的基本單字。無論是「乘坐」交通工具，還是交通工具「運送」人，都可用 take 來表達，而在此為「請坐 E 線地鐵到……」之意。解說路線時經常會出現 up 這個單字，語氣上類似「爬坡上……」或「朝前面……」等，用來指向自己前方方向。

Word List

we're wondering ... 我們想知道…… / Times Square 時代廣場 *紐約市內城中鬧區、十字路口的名稱 / E Train E 線 *紐約市地下鐵路線之一 / Gray Line bus 灰線巴士 *由灰線 (Gray Line) 公司營運的紐約巴士旅遊路線。以其鮮紅色的雙層巴士聞名 / 'cause 等於 because

15

G : ⑤**That takes you all around Manhattan** or wherever they go, there're different ⑥**routes.**

M: And, and how do you get to that?

G : That's up on Broadway.

M: Right up on Broadway?

G : Just ⑦**walk up two blocks to** Broadway and ⑧**on your left,** if the bus is not there, you'll see the people in the uniforms.

W: And that bus also gets us to Times Square, if we wanted to take that?

G : Well, you know what, I'm not sure. They go- they go a lot of different places, but one of them will end up in Times Square. (W: OK.) Which one, I don't know.

W: OK. OK.

M: Well, thank you very much for your help.

G : You're welcome.

W: Thank you, have a good one.

❺ **That takes you all around Manhattan**
這裡的 take 是指 Gray Line bus 會把你「帶去」的意思。其他像 get 也有類似的用法。

❻ **routes**
為「路線」之意,雖然這個字我們聽到的是 [ruts] 這個發音,但是實際上許多外國人會念成 [rauts],請特別留意。

❼ **walk up two blocks to ...**
block 也是指引路線時幾乎百分之百會出現的單字,它是指由兩組平行道路所切割出的街道區塊。由於問路者可直接以目視方式確認街道區塊,故用 block 可能比用公尺等單位來說明距離更簡明易懂。

Word List
....
Right up on Broadway *百老匯大道是貫穿曼哈頓的南北向主要道路,許多戲劇與音樂劇場集中於此。right up 是指「就在」百老匯大道上,不需要轉進其他街道的意思。 / have a good one 祝你有愉快的一天 (= have a nice day.),是一種說再見的方式。

聽寫 Exercise

在此列出一些較難聽取的要點。我們一開始會先播放包含實境音效的原始錄音，然後由錄音員將同樣的內容念一遍。括號中到底該填入什麼詞句呢？請一邊注意兩段聲音的不同處，一邊聽寫出內容。

track 03

1. We (   ) (   ) (   ) and we're
   (   ) (   ) (   ) (   )
   (   ) Times Square.

翻譯 我們剛到這裡，想知道該怎麼去時代廣場。

track 04

2. Just (   ) (   ) (   ) (   )
   (   ) Broadway (   ) (   ) (   )
   (   ), if the bus is not there, (   ) (   )
   the people (   ) (   ) (   ).

翻譯 走過兩個街區就到百老匯大道，在你的左邊，如果沒有巴士停著的話，會有穿制服的人在那兒。

track 05

3. And that bus (   ) (   ) (   )
   (   ) Times Square, (   ) (   )
   (   ) (   ) (   ) (   )?

翻譯 如果我們搭那一線巴士，也能到時代廣場嗎？

Exercise 解說

1. We just came here **and we're** wondering how to get to **Times Square.**

首先將問路用的典型句子牢記起來。

2. Just walk up two blocks to **Broadway** and on your left**, if the bus is not there,** you'll see **the people** in the uniforms**.**

接著再練習一個同樣類型的句子。這句裡出現了很多指引路線時常用的單字，walk、blocks、left、uniforms 都是發音較強烈的字。另外也請注意「穿制服的人」的說法。

3. And that bus also gets us to **Times Square,** if we wanted to take that**?**

注意，這是附加了疑問元素的句子。that bus 的 that 和 also 都具重要意義，故其發音會較強烈。

 track 06

「實境錄音」都聽懂了嗎？接著比較完整版「錄音室錄音」，並參考翻譯吧！

W：哈囉，你好嗎？

M：你好嗎，先生？

G：我很好。

W：我們剛到這裡，想知道該怎麼去時代廣場。

G：嗯……就在前面這個轉角，沿著柵欄直走（W：好），轉角處就是 E 線地鐵站。

W：E 線。

G：搭那條線到第 42 街，就到時代廣場了。

W：好的。

M：呃，那灰線巴士呢？那是，呃，觀光巴士嗎？

G：是的。

M：因為，你知道的，我們到了大都市，免不了想坐坐……

G：那一線巴士能帶你們周遊曼哈頓，還到其他不同的地方，有很多路線。

M：那，要怎樣搭乘？

G：在百老匯大道搭。

M：就在百老匯大道上嗎？

G：從這裡走過兩個街區就到百老匯大道，在你的左邊，如果沒有巴士停著的話，會有穿制服的人在那兒。

W：如果我們搭那一線巴士，也能到時代廣場嗎？

G：嗯，這個我倒不太確定。那些巴士會去很多不同地點，而其中一輛最後一定會到時代廣場。（W：好。）至於是哪一台，我就不清楚了。

W：好的，好的。

M：非常謝謝你的幫忙。

G：不客氣。

W：謝謝，祝您有愉快的一天。

紐約時代廣場附近的觀光資訊中
心。在此可免費取得精簡的折疊式
地圖與劇場簡介。

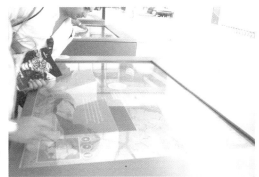

最近其設備也朝數位化發展，
還有觸控式地圖可參考。

Column 01　利用觀光資訊中心

　　每個人或多或少都有過在旅程中迷路的經驗。若是手邊有電腦，只要馬上連上網路查詢即可，但若是在人生地不熟的地方，除了旅館外，要上網就相當不容易了。這種時候，就要仰賴為旅客設置的觀光資訊中心了。在本單元的主要場景紐約，除了時代廣場周圍有許多觀光資訊中心外，遊客眾多的世貿中心遺址 (Ground Zero) 前，也設有簡單的觀光資訊亭。

　　在那裡不僅能取得當地的巴士路線圖或市內地圖，也可嘗試與服務人員對話，做為「習慣」英語會話的一種練習。偶爾放下自己帶去的旅遊書，試著開口說 Hello, how are you doing? I was wondering how to get to ... 這樣對於英語能力的提升會很有幫助喔！

Official NYC Information Center:

http://www.nycgo.com/?event=view.article&id=135634

旅館 ❶ 登記入住

西村友美

💡 此單元的聽取要點

　　本單元的場景為旅館櫃台處，內容是櫃台人員與預約客人間的對話。聆聽時，請把自己當成已訂了房間的客人。一般旅館櫃台登記住房時的手續大致為：確定已預約、決定付款方式、確認住房位置、依狀況不同或許可協商希望入住的房間、取得房間鑰匙。

會話情境

● **出場人物**

Receptionist（旅館櫃台人員）

Anna（要登記入住的客人）

● **狀況**

Anna 在旅館大廳進行登記入住手續，而且她事前似乎已有訂房。

🔘 Listening Points

Point 1 客人必須確認住宿登錄卡上所寫內容正確無誤，但是需要確認哪個項目？

Point 2 **Anna** 將入住的是幾號房？

R: Good afternoon, welcome to the Holiday Inn Arlington, or welcome to our property.

A: Thank you.

R: My name is John. May I have your ①last name?

A: Um, yes, I have, uh, made a reservation here.

R: OK, and your last name is Miss … what's that, how do you put for that, is that correct?

A: G-L-O-U-G-H, Glough.

R: OK, Miss Glough, welcome to the Holiday Inn Miss Glough. Your reservation is requesting to have a room with ②one king bed or two queen beds?

A: Yes.

❶ **last name**
旅館櫃台人員一定會要求你確認姓名。一開始 Anna 可能是沒聽清楚櫃台人員的問題,因此回答了「我有預約」,不過就算發生這種雞同鴨講的情況,也不必慌張。如果是重要事項,對方一定會再度詢問的。另外,像這樣以拼字的方式說明,感覺會比較清楚易懂。

❷ **one king bed or two queen beds?**
床的大小是決定房型的最主要元素。single、twin 有時也以 one 或 two 來表示。此外,double 也代表了 queen-size 或 king-size 等大床之意。

Word List
property 資產、所有地 *這裡是指 Holiday Inn Arlington / last name 姓氏 / reservation 預約
How do you put for that, ...? 您的名字怎麼念呢? / king bed 特大床 / queen bed 大床

R: ③**How would you be taking care of your stay ... how would you be paying for it?**

A: Oh, um, credit card, Visa.

R: Credit card is fine. How many keys would you like for your room?

A: Um, one please.

R: One key. Are you parking a vehicle with us?

A: No, I came by airplane.

R: OK. Here is your room key. Your room is on the sixth floor. What I need you to do for me is to please ④**sign the registration card. I will need your signature here, and your initials recognizing the rate, making sure that is accurate, and your departure date and arrival date, OK?**

A: OK, um, is, uh, that room 60-

R: 624, right.

❸ How would you be taking ... paying for it?

在確認完房型之後，接著會被問到付款方式。櫃台人員一開始用了 take care of your stay 的說法，但是後來又改用 pay for 的句型來問，這是因為用 pay「支付」這個字比較直接而清楚易懂。若櫃台人員沒有改用不同說法，你可以說 "Pardon?"，請他再說明一次。由於很多旅館為了確保信用卡的有效性，故若能了解到達旅館時就會被要求出示信用卡一事，應該會比較好。

❹ sign the registration card ... and arrival date, OK?

在 registration card「住宿登記卡」上簽名。確認地址、入住 / 退房日以及費用後簽名，以表示認可。住房費用叫做 rate。sign 為動詞，名詞為 signature。

Word List

How would you be taking care of your stay ... how would you be paying for it? 你想如何處理住房費用……你要怎麼付款呢？ *take care of ...「處理……」 / What I need you to do for me is ... 我想麻煩您做的是…… / registration card 住宿登記卡 / signature（全名的）署名 / initials 縮寫 *除了簽上全名外，費用與其他住房條件等項目若都無誤，可一一簽上姓名縮寫表示確認。 / rate（住宿）費用 / making sure that is accurate 確認是否正確

A: 624, uh, is that a room with a nice ⑤<u>view</u>?

R: It is a room with a nice view. If you want something ⑥<u>higher</u>, to have more view, I can get you that, OK?

A: I prefer a room …Yes.

R: Oh, what would you consider a nice view? Would you like something that has ⑦<u>trees</u>, or would you like something that has, like, ⑧<u>traffic scenery</u>?

A: Oh, you have both?

R: (Laughter) We have both, yes.

A: OK, how about the ones with the trees?

R: OK, the trees, no problem, sure. Then we would take room 623, (A: Oh.) on the opposite side of the hotel we have trees, OK?

A: OK, and that's ⑨<u>no smoking</u>.

R: That is ⑩<u>non-smoking</u>, yes.

A: Great.

---

❺ view　❻ higher　❼ trees　❽ traffic scenery　❾ no smoking
❿ non-smoking

最近會詢問是否需要禁菸房的旅館愈來愈多。如果對方沒問，住客也可以主動要求。另外，還可試著指定房間樓層或窗景。請好好記住這裡出現的常用單字，應該會很有幫助。

Word List
....
prefer 偏好 / trees 樹木 / traffic scenery 交通景緻 *亦即「街道景觀」 / how about the ones with the trees? 有樹景的如何？ *ones = views / we would take room 623, on the opposite side of the hotel * 623 號房與 624 號房是隔著走道面對面的兩間房。

聽寫 Exercise

在此列出一些較難聽取的要點。我們一開始會先播放包含實境音效的原始錄音，然後由錄音員將同樣的內容念一遍。括號中到底該填入什麼詞句呢？請一邊注意兩段聲音的不同處，一邊聽寫出內容。

🎧 track 08

1. ..., (　　　　) (　　　　) (　　　　) (　　　　)

(　　　　) (　　　　)?

(翻譯) 可以請問您的姓氏嗎？

🎧 track 09

2. I will need your (　　　　) here, and your

(　　　　) recognizing the (　　　　).

(翻譯) 請把全名簽在這裡，在確認費用無誤後並請簽上姓名縮寫。

🎧 track 10

3. Would you like (　　　　) (　　　　) (　　　　)

(　　　　), or would you like (　　　　) (　　　　)

(　　　　), like, (　　　　) (　　　　)?

(翻譯) 是要有樹木景觀的，還是有像是街道景觀之類的呢？

 **Exercise 解說**

1. ..., may I have your last name?

這句很短，但是其中資訊卻很重要。last name 的發音會較強烈，請以該單字為目標仔細聆聽。

2. I will need your signature here, and your initials recognizing the rate.

請注意聽取 signature、initials 與 rate 等字。這些都是關鍵字，故發音比較強烈。

3. Would you like something that has trees, or would you like something that has, like, traffic scenery?

此句原為 Would you like A or B 的句型，但是為了更有禮貌重複了 Would you like 的部分。而語調和原句型一樣，為 Would you like something that has trees ↗, or would you like something that has, like, traffic scenery? ↘。

 track 11

「實境錄音」都聽懂了嗎？接著比較完整版「錄音室錄音」，並參考翻譯吧！

R：午安，歡迎光臨 Holiday Inn Arlington，或者說，歡迎光臨假旅店。

A：謝謝。

R：我叫 John。可以請問您的姓氏嗎？

A：嗯，是的，我有，呃，預約。

R：好的，您的姓氏是……該怎麼念呢？這是對的嗎？

A：G-L-O-U-G-H, Glough.

R：是 Glough 小姐，歡迎光臨 Holiday Inn Arlington。您預約的是一間附一特大床或兩大床的房間嗎？

A：是的。

R：您想如何處理住房費用……您要怎麼付款呢？

A：噢，嗯，用信用卡，Visa 卡。

R：用信用卡沒問題。您需要幾副房間鑰匙呢？

A：嗯，一副就可以了，麻煩你。

R：一副鑰匙。您需要使用停車場嗎？

A：不用，我是坐飛機來的。

R：好的。這是您的房間鑰匙。您的房間在 6 樓。請您在住宿登記卡上簽個名。請把全名簽在這裡，在確認費用無誤後並請簽上姓名縮寫，另外也請確認退房日與入住日，好嗎？

A：好的，呃，房號是 60-

R：是 624 號房，對。

A：624，呃，這間房的景色好嗎？

R：這間房景色很不錯。如果您想要更高樓層好看到更多景觀的話，我可以幫您換，好嗎？

A：我想要一間……，麻煩你換一下好了。

R：您喜歡怎樣的景色？是要有樹木景觀的，還是有像是街道景觀之類的呢？

A：喔，你們都有嗎？

R：（笑）是的，我們都有。

A：好，那有樹景的好了。

R：好的，樹景，沒問題。那我們就改成 623 號房（A：噢），旅館的另一側就是樹林，可以嗎？

A：好的，是禁菸房。

R：是禁菸房，沒錯。

A：太好了。

Unit 03
旅館 ❷ 詢問設備相關問題
西村友美

💡 此單元的聽取要點

　　本單元的內容主要是旅館櫃台男性員工的發言。聽了這段錄音就會發現這位男性的英語發音並不標準。其語尾子音，尤其是 [t] [d] [p] [l] [s] 等都特別弱，甚至幾乎完全消失。另外，他的 [s] 和 [tʃ] 音聽起來很像 [ʃ]。

會話情境

● 出場人物
Receptionist（旅館櫃台人員）
Anna（要登記入住的客人）

● 狀況
和 Unit 02 相同，為旅館大廳處的對話。在此，辦完入住手續的 Anna 正在聽櫃台人員詳細說明旅館設備與周邊相關資訊。

🔵 Listening Points

Point 1 旅館內有哪些設備？
Point 2 距離旅館半徑一公里內有些什麼？

> **R:** The elevator will be ①<u>to your right</u> to take you upstairs. Let me let you know a little bit about the hotel. We have ②<u>a full-service restaurant</u>: breakfast starts at 6:30 in the morning, it ends at 11:00 A.M.; lunch starts at 11:00 A.M., ends at 2:30 P.M.; dinner starts from 5:00 P.M. until 10:00 P.M. And we have a lounge that serves drinks. The hotel also ③<u>provide</u> you with a ④<u>complementary shuttle</u> that will take you

❶ to your right
在櫃台完成入住登記後，就可前往自己的房間了，不過必須先知道電梯的位置才行。當目的地的方向朝左或右時，就可用這種形式來表達，如：A: Execuse me, can you tell me where the restroom is?、B: Yes. Along the aisle to your left.。

❷ a full-service restaurant
會將餐點送到客人桌上的餐廳，與 self-service restaurant 不同。

❸ provide
就文法上來說，此處應該用 provides 才對，但是聽不到 [s] 的發音。

❹ complementary shuttle
complementary 在此是指「免費的」。免費的早餐稱為 complementary breakfast；可免費飲用的牛奶就叫 complementary milk。

Word List

upstairs 樓上 / Let me let you know ... about ... 讓我為你說明……有關…… / full-service 提供全套服務的 *與自助式、自行取餐吃到飽等餐廳不同，這是客人坐在位子上，接受服務生服務的餐廳。 / provide ... with ... 提供…… / complementary 免費的 / shuttle 定期往返的巴士

⑤**within a one mile radius** from the hotel, which includes the local mall, the metro, and the office buildings in the area. OK? We have a fitness center and a pool—the pool is open from 8:00 A.M. in the morning until 10:00 P.M. at night. Inside your room, ⑥<u>you do have high speed Internet, there's an Ethernet cable in the dresser closet of your room. In the lobby of the hotel it is wireless Wi-Fi, OK?</u>

A: OK, thank you.

R: My pleasure.

❺ **within a one mile radius**

radius 指「半徑」；one mile radius 為「半徑一公里以內」。

❻ **you do have ... wireless Wi-Fi, OK?**

近來許多旅館都會明白表示是否有網路可用。Ethernet（乙太網絡）是全世界的 LAN（區域網路）中最廣為運用的技術規格。而 Wi-Fi 是 Wireless Fidelity 的縮寫，用來表示經 Wi-Fi Alliance 通訊組織確保，可與具無線 LAN 功能之產品以無線形式彼此連線之狀態，也就是一種能透過無線 LAN 上網的規格。就算不懂這些專有名詞，聽到 cable 或 wireless 等單字，也應該就能了解內容了。另外 high speed、dresser closet、lobby 等字的發音當然是較強烈的。

Word List
....

radius 半徑／mall 購物中心／Ethernet cable 乙太網路線 *能讓連接 LAN（區域網路）之電腦有效率運用通訊連線的一種通訊方式／dresser closet（附有鏡子的）梳妝台／Wi-Fi 無線網路 *一種能以無線形式連上網際網路的系統／My pleasure 不客氣

聽寫 Exercise

在此列出一些較難聽取的要點。我們一開始會先播放包含實境音效的原始錄音，然後由錄音員將同樣的内容念一遍。括號中到底該填入什麼詞句呢？請一邊注意兩段聲音的不同處，一邊聽寫出内容。

track 13

**1. The elevator will be (　　　) (　　　) (　　　)
(　　　) (　　　) (　　　) (　　　).**

翻譯 上樓電梯在您右手邊。

track 14

**2. The hotel (　　　) (　　　) (　　　) (　　　)
(　　　) (　　　) (　　　) ...**

翻譯 本旅館還提供免費接駁巴士……

track 15

**3. ..., which includes (　　　) (　　　) (　　　),
(　　　) (　　　), (　　　) (　　　)
(　　　) (　　　) (　　　) (　　　) (　　　).**

翻譯 包括本地的購物中心、地下鐵及本區域内的辦公大樓等。

1. The elevator will be to your right to take you upstairs.

to your right 所指範圍比 on your right 更廣,感覺類似「右側」。而這裡用了 take 這個字,往上的電梯當然是把你「帶上樓去」。

2. The hotel also provide(s) you with a complementary shuttle …

請特別注意,provide 後面接 with,指「提供……(服務)」。另外注意,由於本句融入了「除了剛剛說的之外,還有……」這樣的語氣,故 also 的發音也變得緩慢而強烈。

3. ..., which includes the local mall, the metro, and the office buildings in the area.

由於並列了三個目標對象,所以語調應為 the local mall, ↗ the metro, ↗ and the office buildings in the area ↘。

 track 16

「實境錄音」都聽懂了嗎?接著比較完整版「錄音室錄音」,並參考翻譯吧!

R:上樓電梯在您右手邊。讓我為您簡單介紹一下本旅館。我們有全套服務式餐廳,早餐從早上 6:30 開始,上午 11:00 結束;午餐從上午 11:00 開始到下午 2:30 結束;晚餐則從下午 5:00 至晚上 10:00。我們還有一個休息室提供飲料服務。本旅館還提供免費接駁巴士,能帶您前往旅館周圍半徑一公里內的地點,包括本地的購物中心、地下鐵及本區域內的辦公大樓等。沒問題吧?我們也有健身中心與游泳池——游泳池從早上 8:00 開放至晚上 10:00。而您的房間內有高速網路服務,您房內梳妝台裡有乙太網路線可用。至於大廳,則有 Wi-Fi 無線網路可上網,沒問題吧?

A:好的,謝謝你。

R:不客氣。

Expedia 的網站。在部分旅館的介紹頁面中，能讓使用者自行操控旅館內的攝影機，以虛擬導覽的形式觀賞內部影像。

http://www.expedia.com

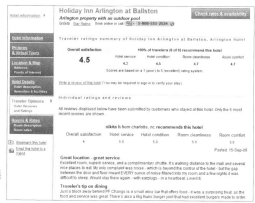

若要獲得更多最新資訊，建議您瀏覽英語版網頁。

Column 02　旅遊網站中的旅館評比

　　面對第一次前往的旅遊地點，挑選旅館總是很不容易。這種時候，集結了許多曾經住宿過的旅客之評語的網站就很有用處。

　　例如，在美國大型旅遊網站 Expedia 中查詢旅館時，會包含曾經住宿過之旅客的評比頁面。預設會顯示該旅館得分（滿分為 5 分）與一則具代表性的評語，而按頁面下方的「→ See all」便能瀏覽所有評語。常見的評語包括「建築物很舊，電梯常壞掉」或「早餐很貴，但附近有很多店能輕鬆買到早餐」等。在這個網站可事先找到不少有用的資訊，真可說是選擇旅館時的好幫手！（Expedia 網站也有其他語言版本（可惜並無中文版），而英文版的資訊最為充足。

（高井真知子）

31

Chapter 1 結語

了解會話情境的固定規則、當時的狀態背景，並運用你的預測能力來好好聽取對話內容。

　　本章將重點放在會話情境的固定規則上。了解對話當時的背景狀況，對於聽懂內容來說是很有幫助的。在接下來的兩章中，請自行考量會話情境，想想可能有哪些既定規則，或者有哪些單字可能出現，再嘗試聽取會話內容。

　　以本章 Unit 01 的問路場景爲例，可能發展出哪些對話在某個程度上應該還滿容易預測的。由於要問的是前往目的地之路程，故能推測大概會詢問如：距離目前所在地多遠？要走路還是乘坐交通工具前往？途中是否有明顯地標？等問題。至於在旅館登記入住的場景中，在到達大廳後，首先會被問到姓名以及是否有訂房等問題，這類情況一般來說都是相同的。就 Unit 02 的會話場景而言，是客人先訂房以後才到旅館。若是已訂房，對方通常會先確認姓名，再確認訂房內容，然後詢問要如何付款？若以信用卡付款的話，又會問要用哪家公司的信用卡？……，這些問題應該都能輕易預測得到。請像這樣，盡量發揮你的預測能力及想像力，來聽取會話內容。

（西村友美）

Chapter 2
學習英語的發音變化原理

學習英語的發音變化原理

連結 / 消失 / 脫落 / 同化 / 削弱音

中村昌弘

　　本章主要學習的是英語的發音變化。一般而言，只要查查字典裡標記的音標符號，或利用具發音功能的電子辭典來播放發音，就能知道單字的念法。但是，當該單字用於句子或片語中時，其發音方式就不見得都和字典裡寫的一樣。這是因為受到接在其前後單字的影響，發音會產生變化。發音變化分成連結、消失、脫落、同化、削弱音等幾類，接著我們就先來了解一下各類發音變化到底是怎麼一回事。

連結（連音）

　　單字和單字發音連在一起的變化。例如 an apple，除非特地將兩個單字分開發音，念成 [æn æpl]，不然一般都會自然連在一起，念成 anapple [ænæpl]。所謂的連結就是某單字最後面的子音，與下一個單字的第一個母音或半母音連在一起的發音變化。

消失（消音）

　　例如，get to 通常不念成 [gɛt tu]，而會變成 [gɛtu]。原本兩個連續的相同子音，只發了一個音，這是因為舌頭的運動方式而自然發生的。另外，有類似的音連續出現時，也會產生這種發音消失的現象。例如，有 [s] 和 [ʃ] 相接的 this shop，聽起來就會像 [ðɪʃɑp]。

脫落（省略）

　　指的是如 winter [wɪntə] 念起來像 winner [wɪnə]、twenty [twɛntɪ] 變成 tweny [twɛnɪ] 等發音的變化。當 n 與 t 相連時，t 會被遺漏，而只發出

n 的音。（另外，little 或 butter 的 tt，以及 water 的 t 則被發成類似 [l] 的彈舌音 (tap) [D]，變成 [lɪDl] 或 [bʌDə] 等。這部分並不屬於「省略」，可以先不提。）這種發音變化就是所謂的脫落，而脫落可說是美式英語的主要發音特徵。

📶 同化（變音）

cats 與 dogs 的 s 發音分別為 [s] 和 [z]。這是因為 cats 的 t 為無聲子音（聲帶不振動的音），所以接著的 s 便成為無聲子音；而 dogs 的 g 為有聲子音（聲帶會振動的音），所以其後的 s 也成為有聲子音。受前面的發音影響，造成後面的發音產生變化，就稱為「順同化」(progressive assimilation)。

而 have to 中的 ve 被念成 [f]、has to 的 s 則發成 [s] 的音，這兩者都是受到後面接著的無聲子音 [t] 影響，變成了無聲子音。像這樣受後面的發音影響，造成前面的發音產生變化稱為「逆同化」(regressive assimilation)。另外，want you 念成 [wɑntʃu]、did you 變成 [dɪdʒu] 這類完全發成不同音的變化現象則稱為「相互同化」（由於有時發生，有時又不發生，故也稱「偶發同化」）。

📶 削弱音（弱讀）

指 rock and roll [rɑk ænd rol] 變成 rock 'n' roll [rɑkən rol] 的這類變化，亦即不重要的單字發音被弱化之現象。連接詞、代名詞、介系詞、助動詞、be 動詞等若處於不強調的情況下，其發音便會較輕、較弱。

如上所示，發音變化有許許多多不同的情況。在了解了這些現象之後希望讀者能有耐心、有毅力地反覆做聽力練習並試著模仿道地的發音方式，讓身體去記憶，以達到能瞬間辨識發音變化的程度。

熟食店 ❶ 點購三明治

西村友美

 ## 此單元的聽取要點

　　Anna 決定到熟食店 (delicatessen) 去買三明治。熟食店的三明治可依據客人喜好，自由選擇中間夾的料以及外層麵包的種類。而這段對話中出現的英吋，到底是指什麼東西的大小呢？

會話情境

● **出場人物**
Anna（點菜的女性）
Clerk（三明治店的店員）

● **狀況**
Anna 在連鎖熟食店「Potbelly's」點購三明治。

 Listening Points

Point 1 三明治的大小有兩種，但是分別稱為什麼呢？

Point 2 點完三明治後，男性店員最後還說了什麼？

> **C:** Hi there, welcome to ①②Potbelly's. How can I help you?
>
> **A:** Yes, wow, uh, looks like you have a large menu here. Can I get a, um, meatball ③sandwich?
>
> **C:** Alright. ④Would you like ⑤that in regular or ⑥wheat bread?
>
> **A:** Um, I'll take wheat.

❶ Potbelly's：消音 ①

相似的子音（在此為爆裂音 (plosive) [t] 與 [b]）連續出現時，其中一個經常會消失。在此處 Potbelly 聽起來就像 [pɑbɛlɪ]，[t] 的音不見了。

❷ ... Potbelly's. How ...：連音 ①

... Potbelly's. How ... 是跨句子的連結現象，很不容易聽出來。

❸ sandwich：省略 ①

sandwich 的 [d] 被省略了。

❹ Would you：變音

would you 的發音變成 [wʊdʒu]。注意，在對話中還有另一個 would you 的組合。請仔細聽聽看在哪裡吧！

❺ that in：連音 ②

that in 聽起來像 [ðætɪn]。

❻ wheat bread：消音 ②

因 [b] 的關係，[t] 消失了。但是在接下來 Anna 所說的 I'll take wheat. 這句話中最後的 [t] 則保留，請仔細聽聽看。

Word List

wheat bread 小麥麵包

C: Wheat alright. And would you ⑦<u>like it in</u> original or ⑧<u>big</u>?

A: Wow, I'm really hungry; let's go with the big.

C: Alright, big it is.

A: How ⑨<u>big is the big</u>?

C: It's about nine inches.

A: Nine inches? That might-and- and the- the other size?

C: Original ⑩<u>is</u> six inches.

A: Oh, OK. Oh, wow. Well, I can ⑪<u>take it</u> home.

C: Correct. Alright. Alright, it'll be right through the oven, and if you just step down to the ⑫<u>next aisle</u>, they'll take ⑬<u>care of all</u> the condiments and spices.

A: Thank you.

---

❼ **like it in**：連音 ③
like it in 聽起來像 [laɪkɪtɪn]。

❽ **big**：消音 ③
big 為語尾，故 [g] 的發音有消失的現象：[bɪ(g)]。

❾ **big is the big**：連音 ④
big is the big 聽起來像 [bɪgɪzðəbɪ(g)]。

❿ **is**：弱讀
此為 be 動詞，發音變得相當微弱。

⓫ **take it** ⓭ **care of all**：連音 ⑤
take it 變成 [tekɪ]；care of all 則聽起來像 [kɛrəvɔl]。

⓬ **next aisle**：省略 ② + 連音 ⑥
next 的 [t] 發音省略，[s] 則與後面 aisle 的 [aɪ] 連結，聽起來像 [nɛksaɪl]。

Word List
....
go with ... 選擇……、用…… / oven 烤箱 / step 前進、往前走 / aisle 走道 / take care of ... 照顧……、處理…… / condiment 調味料、佐料

聽寫 Exercise

在此列出一些較難聽取的要點。我們一開始會先播放包含實境音效的原始錄音，然後由錄音員將同樣的內容念一遍。括號中到底該填入什麼詞句呢？請一邊注意兩段聲音的不同處，一邊聽寫出內容。

🎧 track 18

1. (　　　　) (　　　　　) (　　　　　) (　　　　　),
um, meatball sandwich?

翻譯 嗯，我想要一個肉丸三明治。

🎧 track 19

2. ..., (　　　　) (　　　　) (　　　　　) (　　　　)
(　　　　) (　　　　　) (　　　　) (　　　　)
(　　　　)?

翻譯 您要一般麵包，還是小麥麵包？

🎧 track 20

3. (　　　　) (　　　　) (　　　　) (　　　　)
(　　　　).

翻譯 我選大的好了。

1. Can I get a, um, meatball sandwich?

Can I get ...? 是表示「我想要……」的固定講法。注意，Can / I / get / a 彼此間分別有發音連結的現象。另外，這句中間還加上了無意義的填空語 um，在聆聽時要習慣這種填空語以免被干擾。

2. ..., would you like that in regular or wheat bread?

當某物品有多樣種類可選擇時，便可利用這種固定講法來表達「你要……A 還是 B？」之意。注意，that 和 in 有發音連結的現象。

3. Let's go with the big.

go with ... 是「選擇……」、「用……」的意思。

🎧 **track 21**

「實境錄音」都聽懂了嗎？接著比較完整版「錄音室錄音」，並參考翻譯吧！

C：嗨，歡迎光臨 Potbelly's。想點些什麼呢？

A：是，哇，你們的菜色種類好多。嗯，我想要一個肉丸三明治。

C：好的。您要一般麵包，還是小麥麵包？

A：嗯，小麥麵包好了。

C：好的，小麥麵包。那您要一般尺寸的還是大的？

A：哇，我真的好餓，我選大的好了。

C：好的，就是大的。

A：大的有多大？

C：大約 9 英吋。

A：9 英吋？那個可能……那一般尺寸的呢？

C：一般的是 6 英吋。

A：喔，好。噢，哇。嗯，沒關係我可以帶走。

C：對。好。好，現在放進烤箱了，請繼續到下一個走道，他們會幫您加您要的所有配料及調味料。

A：謝謝！

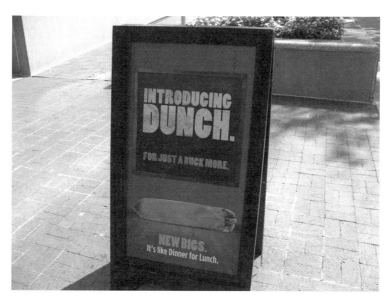

Potbelly's 熟食店於德州和五大湖周邊有許多分店，而這是它的立式看板。正如其宣傳標語 It's like Dinner for Lunch.「如晚餐般豐盛的午餐。」所述，是間以尺寸及分量取勝的店家。

Column 03 Eat this, not that!

　　自 2007 年 12 月出版以來，銷售已超過 500 萬本的暢銷「飲食指南」《*Eat this, not that!*》從各家連鎖餐廳或速食店菜單中，選出了卡路里過多的 "not that" 食物，和比較理想的 "eat this" 食物，且以照片並列於跨頁中的形式呈現出來。

　　而其最新的 2010 年版還把各類最糟菜色刊載於書中。例如，最糟的晚餐就是人氣煎餅店「IHOP」推出的 Top Sirloin Steak Dinner（頂級沙朗牛排），其熱量高達 2380 大卡，光吃一盤就超過一天應攝取的熱量標準。書中表示，若改吃 Balsamic Glazed Chicken For Me（葡萄香醋烤雞）的話，你就只會攝取 510 大卡！

　　即使是對卡路里攝取量毫無顧忌的人，此書也極具話題性，相當值得一讀！

（高井真知子）

Unit 05
熟食店 ❷ 點購飲料
西村友美

💡 此單元的聽取要點

　　本單元接續前一單元的熟食店對話。在這類熟食店裡，向店員詢問有關所點菜色的資訊其實也相當有趣。只要有不懂的，就盡量問吧！在較輕鬆的會話中，經常會發生連音或消音等發音變化，請好好聽取，讓耳朵能習慣這些發音。

● 出場人物
Anna（點菜的女性）
Clerk（三明治店的店員）

● 狀況
接續 Unit 04 在熟食店點菜的場景。
Anna 現在正在點飲料。

Listening Points

Point 1 飲料有哪幾種？
Point 2 Anna 問了關於冰沙的什麼問題？

track 22   A = Anna   C = Clerk

A: Hi, I'm here ①to get something cold to drink. It's a hot day.

C: OK, we have either shakes, ②malts, or smoothies.

A: Yes, I ③heard about some shakes. Um, tell me, uh, yeah what flavors or wha- what do you- ④what is a shake?

C: OK, ⑤well basically the difference ⑥between all three of them is that the ⑦shakes and ⑧malts are ⑨actually made with vanilla ice cream, ⑩and the ⑪smoothies are made with frozen vanilla yoghurt.

A: Ah, so, uh, you have smoothies.

C: Yes, yes, smoothies as well.

A: Sm- I thought smoothies were made of fruit only.

Ch
2

Unit
05

❶ to ❺ well ❿ and ⑬ it：弱讀

有幾個虛詞產生了發音削弱現象，讓我們分別來看看其詞性為何。to 為介系詞，well 是感嘆詞，and 是連接詞，it 則為代名詞。這些的重要性都低於實詞，故會成為削弱音。

❷ malts or ❸ heard about ❹ what is a shake ❻ between all
❼ shakes and；❽ malts are ⓫ smoothies are：連音 ①

malts or 念成 [mɔltsɔr]，heard about 為 [hɜdəbaʊ(t)]，what is a shake 是 [hwɑtɪzəʃe(k)]，between all 是 [bɪtwinɔl]，shakes and 是 [ʃeksæn]，malts are 是 [mɔltsɑr]，smoothies are 則聽起來像 [smuðɪzɑr]。

❾ ⑫ actually：省略 ①

此處的 actually 聽起來像 [ækʃəlɪ]。說話速度慢時也許不會發生，但是在說話速度較快時，就經常會有發音省略現象。另外在較隨性輕鬆的發言中，也較容易產生這類的發音變化。

Word List

shake 奶昔、雪泡 / malt 麥芽飲 *有加麥芽的奶昔 / smoothy 冰沙 *將冰凍的水果以果汁機打碎混合而成，一種口感滑順的冷飲 / flavor 口味、風味 / yoghurt 優格 / be made of ... 以⋯⋯做成

43

C: No, no, no. They're ⑫<u>actually</u>- we just use the consistency of frozen vanilla yoghurt because ⑬<u>it</u> ⑭<u>has a</u> less percentage of fat.

A: Aha, oh, so are they ⑮<u>milk products</u>?

C: Ah, yes, they're milk.

A: Oh, it's shucks. I'm allergic to ⑯<u>milk products</u>.

C: Mmm… well, I could make the shake ⑰<u>completely</u> uh… oh, no, wait no, 'cause ice cream has milk.

A: Um, I'll just settle for a coke.

C: OK, a coke? Alright, no problem ⑱<u>at all</u>.

---

❶❹ **has a** ❶❽ **at all**：連音 ②
has a 聽起來像 [hæzə]；at all 則像 [ætɔl]。如何？你是否已漸漸掌握連結發音的訣竅了？

❶❺ ❶❻ **milk products**：消音
在 ⑮ 的 milk products 中，[k] 的發音並未消失，但是在 ⑯ 的 milk products 中卻消失了。由這個例子可知，不見得在所有情況下，某個音都會同樣產生發音消失的現象。

❶❼ **completely**：省略 ②
completely 聽起來像 [kəmplilɪ]。

Word List

consistency 黏稠度、濃度 *在此是指優格的濃稠性質 / fat 脂肪 / be allergic to ... 對……過敏 / I could make the shake completely uh ... *本來想接著說 without milk，但是後來改變主意並未說出 / settle for ... （勉強）接受……、滿足於……

44

聽寫 Exercise

在此列出一些較難聽取的要點。我們一開始會先播放包含實境音效的原始錄音，然後由錄音員將同樣的內容念一遍。括號中到底該填入什麼詞句呢？請一邊注意兩段聲音的不同處，一邊聽寫出內容。

🎧 track 23

1. ..., (　　　　) (　　　　　　) to get (　　　　　)
   (　　　　) (　　　　　) (　　　　　).

(翻譯) 我過來點些冷飲。

🎧 track 24

2. ... (　　　　) (　　　　) (　　　　) (　　　　)
   (　　　　) (　　　　) (　　　　) is that
   (　　　　) (　　　　) (　　　　) (　　　　)
   (　　　　) (　　　　) (　　　　) (　　　　)
   (　　　　) (　　　　) (　　　　), and (　　　　)
   (　　　　) (　　　　) (　　　　) (　　　　)
   (　　　　) (　　　　) (　　　　).

(翻譯) 這三種飲料的差異在於，奶昔和麥芽是用香草冰淇淋做的，而冰沙則是用冰凍香草優格做的。

🎧 track 25

3. I'm (　　　　) (　　　　　) (　　　　) (　　　　).

(翻譯) 我對乳製品過敏。

Exercise 解說

1. ..., I'm here to get something cold to drink.

I'm here to ... 是「我來做……」的意思。其變化句型 I am here for ... 也請一併記住。

2. ... the difference between all three of them is that the shakes and malts are actually made with vanilla ice cream, and the smoothies are made with frozen vanilla yoghurt.

這句想表達的是 The difference ... is that A and (that) B.「……的差異之處就在 A 以及 B」,其關鍵敘述為 is that 之後的部分,而 A 與 B 要用 and 連接。若能記住這些,則不論 A 和 B 的敘述有多長,都不必慌張。

3. I'm allergic to milk products.

「對……過敏」可說成 be allergic to ... 或 have an allergy to ...。

 track 26

「實境錄音」都聽懂了嗎?接著比較完整版「錄音室錄音」,並參考翻譯吧!

A:嗨,我過來點些冷飲。今天好熱!

C:好的,我們有奶昔、麥芽飲或冰沙。

A:是的,我聽說你們的奶昔很有名。嗯,呃,有哪些口味?你們有——奶昔是什麼?

C:好,基本上這三種飲料的差異在於,奶昔和麥芽飲是用香草冰淇淋做的,而冰沙則是用冰凍香草優格做的。

A:啊,所以,呃,你們也有賣冰沙。

C:是的,是的,也有冰沙。

A:嗯,我以為冰沙只用到水果。

C:不,不,不。事實上,我們利用的是冰凍香草優格的濃稠度,因為它的脂肪含量較低。

A:是喔,那,它們算乳製品嗎?

C:啊,是的,它們是乳製品。

A:噢,真糟糕,我對乳製品過敏。

C:嗯……,那我可以幫你做杯完全呃,……喔,不行,等等,不行,冰淇淋也是乳製品。

A:嗯,那我點可樂就好。

C:好,一杯可樂嗎?好的,沒問題。

雖然也可在店內用餐，但是
天氣好的時候還是會想在戶
外享用呢！

Column 04   What do you recommend?

　　"Subway"、"Potbelly's"、"Quiznos" 等三明治店賣的食物不但便宜而
且分量又大，很適合做為簡單的一餐。不過，從麵包的種類、長度開始到中
間夾的餡料、配料、調味醬、淋醬、副餐、飲料等等，點餐的過程複雜而且
變化多端。另外，各種食材的名稱也因店而異，就算在當地居住已久，也很
難搞得清楚。

　　當你一頭霧水不知如何是好時，最好的辦法就是問： What do you
recommend?（你推薦哪種呢？）。這樣一來，大部分店員都會將該店最自豪
的產品推薦給你，失敗率較低。前幾次你可以先請對方推薦，等自己能掌握
訣竅之後，再挑戰自行選擇的獨創口味！

（高井真知子）

餐廳 ❶ 訪問店家熟客

中村昌弘

💡 此單元的聽取要點

　　Anna 到印度料理餐廳 Sangam 用餐。如果你不習慣老闆的印度腔英語，大概會聽得很吃力。而要聽懂這種特殊腔調的英語，訣竅就在於「習慣」。請發揮毅力，不斷聆聽，直到徹底習慣並聽懂爲止。

會話情境

● 出場人物
Anna（至餐廳用餐的女性）
Owner（餐廳老闆）
Customer（熟客）

● 狀況
餐廳老闆出來迎接客人，確認人數並對
餐廳進行簡介，而此時店裡剛好有常來
的客人。

🔵 Listening Points

Point 1　此餐廳的招牌菜爲何？

Point 2　老闆如何介紹他們的招牌菜？

O: How are you today? (A: Fine.) Welcome to Sangam Restaurant.

A: Thank you.

O: A table for two?

A: Yes.

O: Have you been to my ①restaurant before?

A: No.

O: Well, this is one of the unique restaurants in Arlington, Virginia, and this young lady is our ②carryout customer. She's a regular customer. Would you like to say ③a few words about us?

❶ restaurant：消音 ①

restaurant 最後的 [t] 發音消失，變成 [rɛstərən]。英文單字的最後一個音若為 [t]，而 [t] 之前有 [n]，一般都習慣不發 [t]。不論是英式英語、美式英語，或其他地方的英語，這種發音變化都很常見。

❸ a few words about us：連音 ①

a few words about us 發音相連，變成 [əfju wɜdzə bau tʌs]。印度人說英語時，也有將 about 的 [t] 發得更清晰的英式英語型，而此處的 [t] 發音則為較含糊的美式英語型。

Word List

carryout 外帶、外賣 / regular customer 熟客、常客

C: Oh, I love this restaurant. I come all the time and get ④carryout. Unfortunately, I have to get back to ⑤work too quickly to often ⑥sit in, but sometimes I come and sit in too, when I have more time. It's delicious.

A: What is your favorite- what is your favorite dish?

C: Oh, Gosh, I don't know all of the names so well, but I love, um- I love anything with the vegetables, and I love the, um, the puff pastry with ⑦the potatoes and meat inside.

A: Is that like the samosa?

C: Yes! Exactly!

O: Do you like Butter Chicken?

❷ ④ carryou̲t：腔調 + 消音 ②

請聽取並比較 ② 和 ④ 的差異。除了母音 [æ] 發音不同外，② 以類似日語五十音中 ラ 行發音的舌頭位置發出 rr 之音（亦即沒有捲舌），的確很像印度英語。而最後的 [t] 也消失，變成 [kærɪaʊ]。不知道 carryout 這個單字的人，很可能會聽不出來。

❺ wor̲k：消音 ③

work 的 [k] 發音幾乎聽不出來。嘴與舌頭確實都在發 [k] 音的位置上，但才剛做出這嘴型，馬上又要發 too 的音，結果就變成 [k] 發音被消弱的情況。

❻ sit in：連音 ②

sit in 連在一起發音，就變成 [sɪtɪn]，但是這個 [t] 的發音方式正是美式英語的特徵之一，聽起來不像 [t] 而是彈舌音 (tap) [D]，因此 sit in 聽起來像 [sɪlɪn]。

Word List

unfortunately 不幸地、可惜地 / get back to work 回去工作 / too quickly to ... sit in 急著……以致於沒辦法坐著 / delicious 美味、好吃 / Gosh 天啊（表示驚異）/ puff pastry 酥皮、酥餅 *一種將麵團烤成派皮狀的烘焙食品 / samosa 薩莫薩三角餃、印度菜餃 *將馬鈴薯與青豆等內餡包在麵粉做成的皮裡，再用核桃油酥炸成的食物 / Butter Chicken 奶油雞 *以混有辛香料之醬汁燉煮的雞肉料理

C: Yes, I love Butter Chicken.

O: Do you know that we- that's our signature dish?

C: Yes, it's delicious.

O: You know that we won the Taste of Arlington almost five times in a row?

C: Yes, I do.

O: For fifteen thousand people each time, for five years.

C: Yes, the food is excellent.

O: So that is our introduction.

A: OK, so I'm hungry!

❼ the potatoes and meat inside：弱讀 + 消音 ④

the potatoes and meat inside 的 and 發成削弱音，聽起來像 [pətəto zə mitɪn saɪd]。注意，當 and 被弱讀時，通常會發成 [ən]，但是因為這裡後面還接有 meat，故變成 [ə] 的音，也就是 [n] 被消音。

Word List

signature dish 招牌菜、主廚特製料理 / win 贏得 / the Taste of Arlington *阿靈頓地區的年度美食活動，每年都有 40 間以上的餐廳擺攤，並接受一般人的評比 / in a row 連續、持續 / For fifteen thousand people each time, for five years. 連續 5 年，每年獲得 1 萬 5 千人點菜 *依據點菜數決定優勝者 / excellent 傑出、優秀 / introduction 介紹、引言

在此列出一些較難聽取的要點。我們一開始會先播放包含實境音效的原始錄音，然後由錄音員將同樣的內容念一遍。括號中到底該填入什麼詞句呢？請一邊注意兩段聲音的不同處，一邊聽寫出內容。

🎧 **track 28**

1. ... this young lady is (　　　) (　　　) (　　　). She's a (　　　) customer.

(翻譯) 這位小姐是我們的外帶客人。她是常客。

🎧 **track 29**

2. (　　　) (　　　) (　　　) (　　　) say a few words about us?

(翻譯) 妳願意幫我們美言兩句嗎？

🎧 **track 30**

3. For (　　　) (　　　) (　　　) each time, for (　　　) (　　　).

(翻譯) 連續 5 年，每年都獲得 1 萬 5 千人點菜。

Exercise 解說

1. ... this young lady is our carryout customer. She's a regular customer.

你可以清楚聽到 carryout 這個字嗎？另外，regular 的發音變成 [rɛɡələ]，和 gu 發成 [gju] 的美式英語不同。

2. Would you like to say a few words about us?

這裡 Would 的 d 發音，像介於英語 [d] 和中文「ㄌ」之間的音，而因之後又接著 you，所以聽起來類似 [wulɪu]。這和 [wʊdʒu] 這種連結音不一樣，但應該還是能清楚聽出來。

3. For fifteen thousand people each time, for five years.

thousand 的 th 發音近似 [t]，屬於印度腔的英語發音。而 people 前面的 [d] 音消失是各類英語中都很常見的發音變化。另外，five 和 years 發音連結成 [faɪ vjɪrz]。

 track 31

「實境錄音」都聽懂了嗎？接著比較完整版「錄音室錄音」，並參考翻譯吧！

O：你好嗎？（A：很好）歡迎光臨 Sangam 餐廳。

A：謝謝。

O：兩人桌嗎？

A：是的。

O：以前來過我的餐廳嗎？

A：沒有。

O：嗯，我們這家是維吉尼亞州阿靈頓地區的特色餐廳，而這位小姐是我們的外帶客人。她是常客。妳願意幫我們美言兩句嗎？

C：噢，我好愛這家餐廳。我很常來買外帶。可惜的是，我得趕回去上班，所以不常坐下來好好用餐，不過比較有空時我也會進來吃。東西很好吃喔！

A：妳最喜歡哪道菜？

C：噢，天啊，我不是很清楚每道菜的名稱，但是我很喜歡，嗯，我很喜歡有蔬菜的料理。我最愛那個，嗯，包馬鈴薯和肉的酥餅。

A：是像薩莫薩三角餃的東西嗎？

C：沒錯，就是那個！

O：你喜歡奶油雞嗎？

C：是的，我超愛奶油雞。

O：你知道我們——那是我們的招牌菜嗎？

C：知道，美味極了。

O：你知道我們連續 5 年贏得阿靈頓美食節冠軍嗎？

C：知道，當然知道。

O：連續 5 年，每年都獲得 1 萬 5 千人點菜。

C：是啊，你們的食物太棒了。

O：這就是我們的簡介囉！

A：好，聽得我好餓呀！

餐廳 ❷ 詢問推薦菜色

中村昌弘

💡 此單元的聽取要點

　　因腔調而造成的發音變化可能屬於個人特色，也可能是偶發性的，狀況千奇百怪，但是其中也會有具一貫性的發音變化。Sangam 餐廳的推薦料理到底是什麼呢？就讓我們與 Anna 一起問問看吧！

會話情境

● 出場人物

Anna（至餐廳用餐的女性）

Owner（餐廳老闆）

● 狀況

延續 Unit 06 在印度餐廳中的場景。Unit 06 是以女性熟客為中心進行對話，此單元則是由老闆從餐廳概要到推薦料理等內容進行詳細說明。

🔘 Listening Points

Point 1　依據老闆所言，菜單上大約有幾種菜色？

Point 2　Sangam Feast 這道餐點裡包含了哪些東西？

O: Well, I hope, uh, you will be happy with Sangam ①restaurant's performance today. Um, enjoy yourself and ②here are the menus. Uh, menu is very extensive and, uh, very elaborate. It-it is a menu which crea-which has been created by Sangam Restaurant. It contains not only the, um, one part of the country: it contains four parts of the country, which is ③Northeast, Northeast, East, West and South, so we have all the cuisines here. So please choose and, uh, ④ask questions, and I will be ⑤glad to answer your question.

A: Great, thank you. Do you have any recommendations?

O: Well, I ⑥think I'd be biased on that one if I did tell you, but yes we do have lots of good i-items here. Our signature dish is called, uh, what is called, uh, Butter Chicken, as I mentioned to you while you were entering.

Ch 2 Unit 07

❶ restaurant's：腔調 ①

在此，restaurant's 的 [ts] 並未發音，這是腔調造成的發音變化，不過即使不發此音，意思也很清楚。記住，不論是否因為腔調所造成的發音變化，如果有聽不到的音，就應該在腦中補足。

❷ here are：連音

here 與 are 發音連結起來，成了 [hɪrɑr]，如同單一個字的發音。注意，這裡的 are 為 be 動詞，在意思表達上並無太大作用，故發音被弱化。

❸ Northeast：腔調 ②

Northeast 在此被發成 [nɔrtʃiz] 的音，這也是腔調造成的發音變化。碰到無法光靠發音辨別的情況時，若能從前後文進行思考，應可推測出正確的單字。

Word List

performance 表現、成績（在此指令人自豪的菜色）／ extensive 廣泛的／ elaborate 精心製作的、煞費苦心的／ cuisine 菜餚／ recommendation 推薦／ bias 使人產生偏見、使人偏心於……／ item 項目、品項／ signature dish 招牌菜、主廚特製料理／ Butter Chicken 奶油雞（以混有辛香料之醬汁燉煮的雞肉料理）

And there are many others, vegetarian dishes are so many, so unique. Vegetarians are lots more than the nonvegetarians. Uh, we have Saag Panner, we have Chana Masala, we have Sangam Daal, we have Baingan Bharta. Uh, there are, you know, can convert the names into English also, you know. The chickpeas for that matter, eggplant for that matter, uh, spinach and, uh, cheese. So there are about a hundred and twenty items on the menu. Um, we also have, uh, a special feast for two, we call it, uh, Sangam feast for two, which contains lots of, um, chicken, meat, and kebabs, and vegetables, and naans, and samosa, and, uh, and also an appetizer, so this is a huge, uh, dish, which is,- which is actually for two people.

A: Great, thank you. We'll take a look at the menu.

O: Yes, go ahead and look at the menu.

❹ **ask questions**：消音 ①
ask 的 [k] 發音消失。雖然不是刻意不發出 [k] 的音，但是要順暢地連續說出 ask 與 question 時，很自然地就會變成這樣。

❺ **glad to**：消音 ②
glad to 的 [d] 發音消失，變成 [glætu]。像這種當 [d] 與 [t] 接在一起時，[d] 就消失的發音變化現象，在英語中經常發生。

❻ **think**：腔調 ③
在印度英語中，th 經常被發成 [t] 的音，而這裡的 think 聽起來就像 [tɪŋk]。這種腔調所造成的發音變化仍具有一貫性，故只要理解這個情況，就不難聽懂了。

Word List

convert the names into English 將其名稱轉換為英文 / chickpea 鷹嘴豆 / that matter 那部分 *在此指無法翻譯成英文的諸多印度料理材料 / eggplant 茄子 / spinach 波菜 / feast 大餐、盛宴 / kebab 印度烤肉串 / naan 印度烤餅 / samosa 薩莫薩三角餃、印度菜餃 *將馬鈴薯與青豆等內餡包在麵粉做成的皮裡，再用核桃油酥炸成的食物。/ appetizer 前菜、開胃菜 / go ahead 請……

聽寫 Exercise

在此列出一些較難聽取的要點。我們一開始會先播放包含實境音效的原始錄音，然後由錄音員將同樣的內容念一遍。括號中到底該填入什麼詞句呢？請一邊注意兩段聲音的不同處，一邊聽寫出內容。

🎧 track 33

1. And there are many others, (　　　) (　　　) (　　　) so many, so unique.

(翻譯) 此外還有許多其他的，有許多獨特的素食料理。

🎧 track 34

2. So there are about a (　　　) (　　　) (　　　) (　　　) (　　　) (　　　) (　　　).

(翻譯) 菜單上大約有 120 種菜色。

🎧 track 35

3. (　　　) (　　　) (　　　) (　　　) (　　　) (　　　) (　　　).

(翻譯) 我們會看一下菜單。

1. And there are many others, <u>v</u>egetarian dishe<u>s a</u>re so many, so unique.

這裡的 vegetarian 的 ve 發音近似 [wɛ]，請和以美式英語為母語者的發音比較看看。另外，dishes 與削弱音的 are 連結起來，便成了 [dɪʃɪzɑr]。

2. So there are about a hundred and twen<u>t</u>y items on the menu.

美式英語多半會讓 twenty 的第二個 [t] 發音省略，整個字會念成 [twɛnɪ]，但是這裡則是清楚地發音。

3. We'll tak<u>e a</u> loo<u>k a</u>t the menu.

注意 take 和 a 的連結以及 look 與 at 連結。

 track 36

「實境錄音」都聽懂了嗎？接著比較完整版「錄音室錄音」，並參考翻譯吧！

O：嗯，我希望，呃，您會滿意 Sangam 餐廳今天為您準備的美食。嗯，請好好享受，這是菜單。呃，菜單裡的菜色種類繁多，而且，呃，非常精緻，都是 Sangam 餐廳自製的創意料理。不只是，嗯，印度單一地區的料理，印度四大區域的菜色我們都有，包括東北、東部、西部和南部菜餚，一應俱全。請自由選擇，呃，如果有疑問也請提出，我會很樂意為您解說。

A：太棒了，謝謝。有推薦的菜色嗎？

O：嗯，要是我告訴您哪一道的話，會顯得我有偏見，不過我們確實有很多好菜。我們的招牌菜叫，呃，叫什麼來著，呃，叫奶油雞，您剛進來的時候我有提到過。此外還有許多其他的，有許多獨特的素食料理。吃素的人比不吃的多。呃，我們有 saag panner、Chana Masala、Sangam Daal 和 Baingan Bharta。呃，這些翻成英文就是鷹嘴豆、茄子，呃，波菜和，呃，起司。菜單上大約有 120 種菜色。嗯，我們還提供，呃，一種雙人特餐，叫 Sangam feast 雙人特餐，裡面包含很多，呃，雞肉、肉類、印度烤肉串、蔬菜、印度烤餅和薩莫薩三角餃，呃，另外還有一道開胃菜。所以說，呃，這套餐分量很大，呃，事實上這是給兩個人吃的。

A：太好了，謝謝。我們會看一下菜單。

O：好的，請慢慢看。

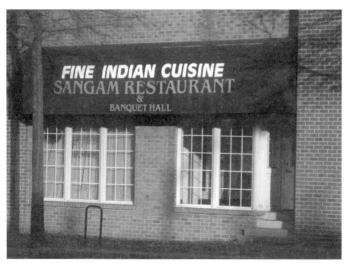

Sangam 餐廳是上過電視的當地名店。菜色種類繁多，也提供外燴服務。

Column 05　小費行情上看 20%

對於沒有給小費習慣的東方人來說，小費一直都是令人頭痛的問題。最近有新聞報導指出，因經濟不景氣，餐廳顧客人數銳減，造成以小費為主要收入來源的服務生生活陷入困苦。以往以料理價格 15% ～ 20% 為基本行情的小費，如今變成 15% 嫌少、18% 算普通，行情直逼 20%。也就是要到餐廳用餐，最好有多付小費的覺悟。

我曾經讀到一篇新聞報導，它是這樣說的：「小費 2% ～ 5% 的金額差距不過區區幾美金。而這『區區幾美金』對於在餐廳用餐的你來說或許沒感覺，但是對靠小費生活的他們（服務生）而言卻可能事關重大。所以如果付得出來，就請大方支付。」

對沒有這種習慣的東方人來說，小費就是「多出來的費用」──這種感覺仍難以抹滅，然而這卻是在美國這種服務品質與小費金額直接相關的社會中餐廳之慣例。

（高井真知子）

餐廳 ❸ 點菜

中村昌弘

💡 此單元的聽取要點

　　面對豐富多樣的英語發音時，與其講究「正確的」音標，不如以是否能正確表達想說的話，亦即「讓人聽得懂的」發音爲標準，會較爲實際。在接觸各式各樣腔調的過程中，讀者一定能漸漸體會並理解何謂「聽得懂的」發音，而在達到該程度前，請先繼續努力聽下去吧！

●出場人物
Anna（至餐廳用餐的女性）
Owner（餐廳老闆）

●狀況
在此單元中，Anna 一邊聽老闆介紹菜單內容，一邊開始點菜。

🔘 Listening Points

Point 1 **Anna** 點了哪些菜？
Point 2 關於奶油雞的味道，老闆是怎麼說的？

> **A:** Um, I'll have the samosa.
> **O:** Yes, y- you want a ①**vegetable** samosa or you want a meat samosa? We have two ②**kinds of** samosa.
> **A:** What kind of meat is in it?
> **O:** It is g- it's a lamb. Lamb, gr- ground lamb. That's ③**what it is**.
> **A:** OK.
> **O:** And with the p- uh, ④**peas**, green ⑤**peas** in there, and- and spices, Indian spices. (A: OK.) And vegetarian has got potatoes, chickpeas, and, uh, like cilantro and so on.
> **A:** OK, I'll take this one.

Ch 2　Unit 08

❶ vegetable：腔調 ①
聽起來像 [wɛdʒətəbḷ]。由於 [v] 與 [w] 的發音本身很接近，故有些腔調，例如印度腔，會將 [ve] 的音發成 [we]。了解此特性後，不論對方採取哪種發音模式，應該都不會聽錯。

❷ kinds of：連音 ①
kinds 和 of 發音連結起來，變成 [kaɪndzəv]。這是會話中經常出現的發音變化。而口語上甚至會有 [v] 音消失的情況，變成 [kaɪndzə]。另外，單數的 kind of 則變成 [kaɪndə]。

❸ what it is：連音 ②
what 和 it，再接著 is，變成 [hwɑtɪtɪz] 的發音。這也是會話中經常出現的發音變化模式。

❹ ❺ peas：腔調 ②
peas 出現了兩次，但第一次 ④ 的發音為 [pis]，第二次 ⑤ 則發成 [piz]。理論上 [piz] 為正確發音，但是在快速談話或不經意時念起來會像 [pis]。

Word List

lamb 羔羊肉 / ground lamb 羔羊絞肉 / green pea 青豆 / spice 辛香料 / chickpea 鷹嘴豆 / cilantro 胡荽葉 *墨西哥料理用的辛香料 / and so on ... ⋯⋯等等

O: OK, so we got the meat samosas, two orders? Sure. ⑥**What else?**

A: And, um, the ⑦**Butter** Chicken.

O: ⑧**Butter** Chicken is for- uh, number forty, I guess, and that's, uh, description is already given—you can read the description. Uh, Butter Chicken, number forty, item number forty.

A: Is that spicy?

O: It's not spicy. Most of our food is not spicy because our- generally our customers are from, uh, West, so we don't make it very spicy. But if you like spicy, I can do this spicy for you today—it's up to you, you know. Your call.

A: OK, thank you. So I'll have that.

---

❻ What else?：連音 ③ + 美式英語的 t

what 與 else 連結後的發音感覺像是 [hwɑdɛls]。英式英語則多半會念成 [hwɑtɛls]，亦即將 [t] 的音明確發出來。

❼ ❽ butter：美式英語的 tt 發音

⑦ 的 butter 發音聽起來像 [bʌdɚ]。美式英語也經常把連續的 tt 發成類似 [d] 的音。而英式英語會清楚發出 [t] 的音，r 則只是拉長音念成 [ɑr] 而已。請與 ⑧ 的 butter 發音比較看看，⑧ 聽起來是 [bʌdɑ]。

Word List

What else? 還要些什麼別的嗎？ / Butter Chicken 奶油雞 *以混有辛香料之醬汁燉煮的雞肉料理 / description 說明、解說 / spicy 香辣的、含辛香料的 / it's up to you（決定怎麼做）就看您了 / Your call 由您決定

聽寫 Exercise

在此列出一些較難聽取的要點。我們一開始會先播放包含實境音效的原始錄音，然後由錄音員將同樣的內容念一遍。括號中到底該填入什麼詞句呢？請一邊注意兩段聲音的不同處，一邊聽寫出內容。

🎧 track 38

1. (　　　　) (　　　　) (　　　　) (　　　　)

is in it?

(翻譯) 裡面包的是什麼肉？

🎧 track 39

2. (　　　　) (　　　　) this one.

(翻譯) 那我要這個。

🎧 track 40

3. (　　　　) (　　　　) (　　　　) food is not

spicy ...

(翻譯) 我們大部分的餐點都不辣……

Exercise 解說

1. What kind of meat is in it?

What 的 [t] 發音消失，而 kind 與 of 則連結起來念，成為 [hwɑkaɪndəv]。

2. I'll take this one.

注意，I will 縮寫成 I'll，念成 [aɪl]。

3. Most of our food is not spicy ...

Most 與 of 產生發音連結，再與削弱音的 our 連結，聽起來如 [mostəvaʊr]。

 track 41

「實境錄音」都聽懂了嗎？接著比較完整版「錄音室錄音」，並參考翻譯吧！

A：嗯，我要薩莫薩三角餃。

O：好的，那請問您是要蔬菜薩莫薩三角餃，還是鮮肉薩莫薩三角餃呢？我們有兩種。

A：裡面包的是什麼肉？

O：是絞——是羔羊肉。羔羊肉，絞的羔羊肉。是羔羊絞肉。

A：好。

O：裡面還包豆子，是青豆，還有辛香料，是印度的辛香料（A：好）。而蔬菜的則包馬鈴
　 薯、鷹嘴豆，還有，呃，胡荽葉等等。

A：好的，那我要這個。

O：所以是要鮮肉薩莫薩三角餃，兩人份嗎？沒問題。還要些什麼別的嗎？

A：還有，嗯，奶油雞。

O：我想奶油雞，呃，是 40 號，呃，菜單上有說明，您可以看一下菜單上的說明。呃，40
　 號奶油雞，第 40 項。

A：會辣嗎？

O：不辣。我們大部分的餐點都不辣，因為我們大部分客人都是，呃，西方人，所以我們不
　 會做得很辣。但是如果您喜歡辛辣口味，我可以幫您做辣的——就看您了，由您決定。

A：好，謝謝。那我就點那個。

APPETIZERS
(Served with fresh homemade green Coriander Chutney)

o Papri Chat...$4.50
ley of garbanzo peas, potatoes, and savory crisps, tossed in Tamarind Chutney
Tikki Chat...$4.50
oused with chickpea curry or raita & chutney, tossed in Tamarind Chutney
    Chat..$4.50
ed with chickpea curry or raita & chutney, tossed in Tamarind Chutney
    Pakora...$4.50
n in split-gram flour batter
ora..$4.50
    cottage cheese fritters in split-gram flour batter
ra...$5.50
lit-gram flour batter
sa...$4.50
tuffed with seasoned potatoes and green peas and spices
    ....$5.50
with seasoned ground beef, onion and cilantro and spices
    ....$4.50
n and herbs. Served with Peshawari Chutney
    ....$7.95
special spices are shaped into patties and pan-fried
r Platter $7.50
amosa, Vegetable Pakora & Aloo Tikki
izer Platter $8.50
at Samosa & Chicken Tikka
    ALAD
lit pea and chicken broth......$4.50
    ....$4.50
garnished with cilantro
    ....$4.50
    ....$4.50
ed with lemon juice and spices

Sangam 餐廳菜單上的菜色超過 100 種。

Column 06　異國料理大受歡迎

　　美國這世界種族大熔爐特有的樂趣之一就是能輕鬆享用各國料理。不論是日本壽司或外帶中菜，都已成為美國文化的一部分。

　　近來受到歡迎的還有泰國菜、印度菜、中東的黎巴嫩料理、非洲的衣索比亞料理等異國食物。這些多是辛辣而且用餐時不拘禮節的料理，所以無論是年輕人還是全家大小，都能輕鬆享用。雖然有些人很怕辣，但是對普遍偏好重口味的美國人而言，辛香夠味的食物是很具吸引力的。

　　另外，有許多印度餐廳中午都採取吃到飽的自助餐形式，這樣就能每種菜色都嚐到一點，因此相當受到歡迎。

（高井真知子）

餐廳 ❹ 聆聽菜色說明

中村昌弘

 ## 此單元的聽取要點

連續幾個單元內容都是印度腔英語，若是依序聆聽的讀者們，聽到現在應該已經漸漸習慣了吧！若能習慣這位老闆的發音，則其他人講的印度腔英語應該也都能聽懂才對。而在此單元，老闆將針對自己的餐廳做些說明。

會話情境

● **出場人物**
Anna（至餐廳用餐的女性）
Owner（餐廳老闆）

● **狀況**
在餐廳中的對話仍持續進行。菜色種類似乎變化多端。而老闆將想說的都一鼓作氣、滔滔不絕地說出來。

 Listening Points

Point 1 依據老闆所述，來用餐的客人都是從哪裡來的？

Point 2 依據老闆所述，哪些人會需要素食餐點？

O: Indian food is ①<u>very</u> popular in America, and it is getting ②<u>more and more</u> popular—it's becoming very friendly, and people ③<u>love it</u>, children ④<u>love it</u>. And, uh, we have built up a very n- great niche in this location, and, uh, we have expanded a lot. We have, uh, customers from the w- Congress, from the White House, from the Capitol Hill—you name it, we have it.

A: Yes, and I noticed that you have a lot of, um, vegetarian dishes.

❶ <u>v</u>ery　❺ <u>v</u>egan：腔調 ①

very 與 vegan 的 [v] 被發成近似 [w] 的音。

❷ more an<u>d</u> more：弱讀

more and more 的 and 為削弱音，聽起來像 [ən]。若是更極端的削弱音，and 將只剩 [n] 的發音。

❸ ❹ ❼ ❽ love i<u>t</u>：連音 ①

love 與 it 連結，念成 [lʌvɪt]。注意，love it 共出現四次，四次都同樣產生發音連結現象，由此可知，這是相當強烈的連結狀況。除非刻意分開發音，不然一定會連結起來

Word List

niche 利基、最合適的立足點 / expand 擴張 *這裡是指增加來客數 / Congress 美國國會 / Capitol Hill（美國）國會山莊 / you name it, we have it 你說得出名字的，都是我們的座上賓 *也就是擁有許多名人顧客之意 / notice 注意到 / vegetarian dishes 素食料理

67

O: Yes, uh, uh, we have ⑤vegan, we have, uh, ⑥vegetarian, uh, more vegetarian than the meat as such. Um and we also have sometimes, at least twice a month or so, we are getting tour bus tours from Indian tourists coming in—fifty, forty, sixty—and they're- they want, uh, food without onions, without garlic and so on, and we are able to give them that food—they ⑦love it.

A: Yes. That's nice to know that there are some dishes that are not so spicy, because when you think of Indian food and curry, you think spices are hot.

❻ **vegetarian**：腔調 ②
與 ① very 和 ⑤ vegan 不同，⑥ vegetarian 的 [v] 在此並未被發成 [w] 的音。由此可知，因腔調產生的發音變化會依各種情況而有所不同，不能一概而論。

❾ **trying our**：消音 ① + 連音 ②
在此 trying 最後的 g 發音消失，並與 our 連結起來，念成 [traɪnaur]。

Word List
....
as such 這樣、如此 / and so on ... ……等等 / spicy 香辣的、含辛香料的

O: Yes, that's the notion people have, and then people ...

A: Is it a true or false notion?

O: Well, again it depends, you know. Some people really love- but we- we make it in such a way that people, there're hardly any complaints, so people ⑧<u>love it</u> and we are- we're ⑨<u>trying our</u> best to do a good- a ⑩<u>good job</u>. But, you know, it's ⑪<u>gonna</u> take time. Uh, this is a very unique restaurant, as I said earlier. I don't know if you have visited any other Indian restaurant or not, but, uh, there you are.

A: Yes.

⑩ **good job**：消音 ②
good 的 [d] 發音消失，並與後面的 job 連結，所以發音變成 [gudʒab]。

⑪ **gonna**：口語上的發音變化
going to 變成了 [gɔnə]，這是種慣用的口語發音變化。由於並非在所有情況下都一定產生此變化，故這種發音變化也稱為「偶發同化」。

Word List
....

the notion people have 人們的觀念、想法 / false 錯誤的 / it depends 看情況 / complaint 抱怨 / it's gonna take time 店家的發展需要多花些時間

 聽寫 Exercise

在此列出一些較難聽取的要點。我們一開始會先播放包含實境音效的原始錄音，然後由錄音員將同樣的內容念一遍。括號中到底該填入什麼詞句呢？請一邊注意兩段聲音的不同處，一邊聽寫出內容。

🎧 track 43

1. Indian food is (   ) (   ) in America, and it is (   ) (   ) (   ) (   ) popular— ...

(翻譯) 印度菜在美國非常流行，而且越來越受歡迎……

🎧 track 44

2. That's (   ) (   ) (   ) that (   ) (   ) some dishes (   ) (   ) (   ) so spicy, ...

(翻譯) 我很高興得知有些菜並沒有那麼辣，……

🎧 track 45

3. I (   ) (   ) if you (   ) (   ) any other Indian (   ) (   ) (   ), but, uh, there you are.

(翻譯) 我不知您是否去過其他的印度餐廳，不過，呃，您現在是在一間印度餐廳！

1. Indian food is very popular in America, and it is getting more and more popular— ...

你聽得出來帶著濃濃腔調的 very 這個字嗎？請與道地美式英語的發音比較一下。另外，變成削弱音的 and 也確實聽出來了嗎？

2. That's nice to know that there are some dishes that are not so spicy, ...

be 動詞 are 出現了兩次。there are 簡略為 there're，that are 的 are 則發成削弱音。在意義上並不具有主要地位的 are，通常都像這樣採取較弱的發音。

3. I don't know if you have visited any other Indian restaurant or not, but, uh, there you are.

don't 的 [t]、have 的 [v] 都有發音消失的現象。另外，restaurant 最後的 [t] 與母音 [o] 接在一起，直接發成 [tɔ] 的音。

 track 46

「實境錄音」都聽懂了嗎？接著比較完整版「錄音室錄音」，並參考翻譯吧！

O：印度菜在美國非常流行，而且越來越受歡迎──印度菜已變得很常見，大家都愛，連小孩也喜歡。而且，呃，我們在這裡占了很好的位置，呃，餐廳擴張了不少。我們有，呃，來自美國國會、來自白宮、來自國會山莊的客人──只要您舉得出的，都是我們的座上賓。

A：是，我還注意到你們有很多素食料理。

O：是的，呃，呃，我們有全素料理，我們的，呃，素菜料理甚至比肉類料理還多。嗯，有時候，一個月大概至少有兩次，會有來自印度、搭乘觀光巴士的團體遊客來用餐，一次 50、40、60 人不等──他們，呃，要不加洋蔥、蒜頭等的料理，而我們能提供──他們都很愛。

A：是，我很高興得知有些菜並沒有那麼辣，因為一想到印度菜和咖哩，就覺得辛香料很辣。

O：是的，一般人是有這樣的觀念，而大家⋯⋯

A：這觀念到底對不對呢？

O：嗯，您知道，這也得看情況。有些人的確很愛吃辣，不過我們的做法讓大家很少會有抱怨，所以大家都喜歡我們的料理，而且我們也盡最大的努力把事情做好。不過您也知道，這需要多花些時間。就像我剛剛說過的，呃，這是間很特別的餐廳。我不知您是否去過其他的印度餐廳，不過，呃，您現在是在一間印度餐廳！

A：是啊！

在自由女神像聽導覽員說明
西村友美

 此單元的聽取要點

　　聽說自由女神像在許多地方都有，但是紐約的最有名，而能與之相提並論的，大概就屬法國巴黎的女神像了。對話中的女性表示，她在埃及亞歷山大港也摸過那裡的神像。而聽到此言，導覽員便談起了羅德斯島的巨像。在本單元中，你將可聽到相當多的連結發音變化。

會話情境

● **出場人物**
Woman（發問的女性）
Ranger（自由女神像的導覽員）

● **狀況**
地點是象徵了紐約的自由女神像處。一位女性一邊近距離觀賞自由女神，一邊與導覽員聊起天來。

 Listening Points

Point 1　自由女神像是由誰建造的？
Point 2　依據導覽員所述，自由女神像的建造緣由為何？

W: I was actually asking him if he knew, um, about the other statues that were comparable to this one (R: Yeah.), some in, like, Alexandria, (R: Yeah.) or one in Alexandria and another one in France.

R: There's one in, uh, well there was one in Rhodes, the Colossus of Rhodes, that uh, stood over the entranceway to the harbor.

W: I think I might've seen pictures of that.

R: Yeah, that was actually one of the inspirations for this statue. Uh, Bartholdi originally ①**wanted to**- uh, the Suez Canal ②**had just** been completed, uh, in the mid- 1800s, and something ③**that he** ④**wanted to** do was put up a "new Colossus" over the Suez Canal, and when that project, uh, fell through, he, um, he ⑤**kind of** jumped on board for this.

❶ ❹ ❿ wanted to：省略
wanted to 聽起來像 [wɑnɪtu]。

❷ had just：消音 ①
美式英語經常有字尾 [k] 或 [t] 發音消失的情形。這是口語上常會出現的發音變化。

Word List

statue 雕像 / be comparable to ... 與……不相上下、媲美…… / this one 這座雕像 *指自由女神像 / Alexandria 亞歷山大港 *埃及第二大城 / Rhodes 羅德斯島 *屬於愛琴海南部的多德卡尼斯群島，為希臘屬地 / the Colossus of Rhodes 羅德斯島的阿波羅巨像 *據說此巨像於西元前 284 年建造於羅德斯島，西元前 226 年因地震而毀壞，高度達 34 公尺 / stand over 高聳俯視……、俯瞰 / entranceway 入口 / inspiration 靈感、刺激 / Bartholdi 巴特勒迪 *(1834～1904) 法國雕刻家，紐約自由女神像的製作者 / the Suez Canal 蘇伊士運河 *南北貫穿埃及蘇伊士地峽，連結了地中海與紅海水路，於 1869 年開通 / complete 完成 / be put up 建造 / fall through 未能實現、以失敗告終 / kind of 某個程度來說、有點、算是 / jump on board 參加活動

> **W**: Oh, OK, cool. I didn't know this was, ⑥like a ⑦second choice for him.
>
> **R**: It wasn't- it was the i- it was kind of like, one of these things were like, it's not like he was like, uh, a free agent who had- who had, like, ⑧changed teams or something. ⑨It was more that he, um- they- a friend of his, uh, de Laboulaye, who was one of the people who really ⑩wanted to give the United States a gift, um, he- de Laboulaye and Bartholdi were friends, and when de Laboulaye found out that Bartholdi's other project had fallen through, he said, "How about this idea?" So it wasn't- it wasn't like a second option, it was just the, um, it was just kind of the way the timing worked out.

❸ that he ❾ It was：弱讀

that he 的 that 為連接詞，應弱讀；It was 則是代名詞接 be 動詞，兩者皆弱讀。

❺ kind of ❻ like a：連音

kind of 和 like a 念成 [kaɪndəv]、[laɪkə]。

❼ second choice ❽ changed teams：消音 ②

second choice 的 [d] 發音消失，聽來像 [sɛkəntʃɔɪs]，而 changed teams 的 [d] 發音也有消失現象，聽起來像 [tʃendʒtimz]。

Word List
....
cool 酷 *這裡是指「這點很聰明」之意 / second choice 第二選擇 / de Laboulaye 拉布萊伊 *法國的法律學者，美國建國百年時，提議贈送慶祝用紀念碑，並進行募款，結果送出了自由女神像 / work out 順利進行

 聽寫 **Exercise**

在此列出一些較難聽取的要點。我們一開始會先播放包含實境音效的原始錄音，然後由錄音員將同樣的內容念一遍。括號中到底該填入什麼詞句呢？請一邊注意兩段聲音的不同處，一邊聽寫出內容。

🎧 **track 48**

1. I was (　　　　) asking him if he knew, um,

(　　　　) (　　　　　) (　　　　　) (　　　　)

(　　　　) (　　　　　) (　　　　　) (　　　　)

(　　　　) (　　　　　), ...

翻譯 我在問他是否知道，嗯，其他與此女神像可媲美的雕像，……

🎧 **track 49**

2. (　　　　) (　　　　　) (　　　　　) (　　　　)

(　　　　) (　　　　　) (　　　　　) (　　　　).

翻譯 我想我可能看過它的照片。

🎧 **track 50**

3. ..., it was just the, um, (　　　　) (　　　　)

(　　　　) (　　　　　) (　　　　　) (　　　　)

(　　　　) (　　　　　) (　　　　　) (　　　　)

(　　　　).

翻譯 這只是，嗯，機運使然罷了。

1. I was actually **asking him if he knew, um,** about the other statues that were comparable to this one, ...

最好能多模仿文中 actually 的使用位置與強調語氣。注意，同頁的第 9 行中也同樣運用了 actually。

2. I think I might've seen pictures of that.

若對過去記憶不很確定，用 think 來強調並搭配 might 再加上現在完成式之動詞，便能有效表現出這種不確定性。

3. ..., it was just the, um, it was just kind of the way the timing worked out.

這句話中有修正重說，也有所遲疑，聆聽時請一邊感受說話者猶豫的部分，一邊仔細聽取。另外，表示「順利進行」之意的 work out 是很實用的片語，請學會正確的使用方式。

 track 51

「實境錄音」都聽懂了嗎？接著比較完整版「錄音室錄音」，並參考翻譯吧！

W：我在問他是否知道，嗯，其他與此女神像可媲美的雕像，（R：是。）比方在亞歷山大港的那幾座（R：是。），或在亞歷山大港的那一座和在法國的另外一座。

R：有，呃，在羅德斯島有一座，就是羅德斯島的阿波羅巨像，俯視著海港的入口。

W：我想我可能看過它的照片。

R：是的，那座巨像事實上是自由女神像的創作靈感之一。呃，1800 年代中期蘇伊士運河完成之後，巴特勒迪原本想，呃，在蘇伊士運河上建造一個「新阿波羅巨像」，但是當該案，呃，以失敗告終時，他，嗯，他算是參加了自由女神像的建造案。

W：是喔，酷。我並不知道這只是他的第二選擇。

R：並非如此。他並不像那些轉換球隊呀什麼的自由球員。嗯，他的一個朋友，呃，叫狄拉布萊伊的是很想送美國一份禮物的人之一，嗯，狄拉布萊伊和巴特勒迪是朋友，所以當狄拉布萊伊知道巴特勒迪的另一個案子沒成，他就建議說：「那這個點子如何？」所以，這不算是第二選擇，這只是，嗯，機運使然罷了。

導覽員 Cave。負責導覽自由女神像的底座部分。

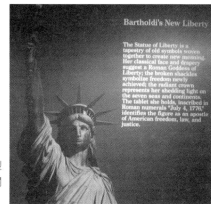

Bartholdi's New Liberty

The Statue of Liberty is a tapestry of old symbols woven together to create new meaning. Her classical face and drapery suggest a Roman Goddess of Liberty; the broken shackles symbolize freedom newly achieved; the radiant crown represents her shedding light on the seven seas and continents. The tablet she holds, inscribed in Roman numerals "July 4, 1776," identifies the figure as an apostle of American freedom, law, and justice.

自由女神像內部是個小型博物館，展示了許多有關此建築的資料。

Column 07 高門檻？參觀自由女神像

　　參觀自由女神像時，必須購買兩種票。一張是前往女神像所在之自由島 (Liberty Island) 的渡船票，另一張則是進入自由島後，爬上女神像用的「自由女神像通行證」(monument pass)。也就是說，就算坐渡船進了自由島，若沒有「自由女神像通行證」，也是無法登上女神像的。而這兩種票不論平日假日，都極為搶手，很早就銷售一空。通常上網預約比較保險，但是也得提早一個月前預約才行。另外，由於自由島有進入人數限制，一般都會建議旅客早上早一點前往。

　　想參觀的話動作得要快。從很受歡迎的底座部分眺望遠處，風景非常優美；女神像內部也展示了建造過程之歷史資料，相當值得一看。另外，因 2001 年 911 恐怖攻擊事件而封鎖的王冠部分，也自 2009 年美國獨立紀念日 7 月 4 日起重新開放參觀。你是否也想趁著這個機會，規畫一下紐約之旅呢？

（編輯部）

Unit 11
在舊郵政總局鐘塔聽取說明 ❶
中村昌弘

💡 此單元的聽取要點

　　先別看英文的對話內容，試著專心用耳朵聽，至少反覆幾遍。若是「只能零零星星聽出幾個實詞，其他部分都聽不出來在講什麼」的話，就得靠文字來確認無法辨識的內容。請一邊注意連音與消音等變化，一邊自行模仿並發出該變化音。最後再試著（不看文字）聽一遍，應該就能清楚聽出虛詞部分了。

會話情境

● 出場人物
Anna（聽取說明的女性）
Park Service（鐘塔職員）

● 狀況
地點是美國首府華盛頓的舊郵政總局鐘塔。此鐘塔目前以博物館型態開放大眾參觀，而 Anna 正在採訪其職員。

🔘 Listening Points

Point 1　此鐘塔為哪個單位所有？
Point 2　是怎樣的人強烈要求保留鐘塔？

> **A:** Um, you know, I ①<u>was surprised</u> to that National Park Services, uh, did the tower, or was responsible for the tower in this building, uh …
>
> **P:** I ②<u>can explain</u> that. The building is actually ③<u>owned</u> by the federal government, ④<u>and it</u> was originally the headquarters for the postal service. However, as the country grew, the postal service grew, ⑤<u>and this</u> building became too small, so they ⑥<u>moved</u> to a larger building and ⑦<u>left this</u> building

Ch
2

Unit
11

❶ **was surprised**　❺ **an<u>d</u> <u>th</u>is**　❼ **lef<u>t</u> <u>th</u>is**　⑭ **a<u>t</u> <u>t</u>hat**
⑯ **permi<u>t</u> <u>t</u>ourists**：消音

這些詞組第一個單字的字尾與第二個單字的字首分別為 s-s、d-th、t-th 或 t-t 的組合，而 ① 的 [z]-[s]、⑤ 的 [d]-[ð]、⑦ 與 ⑭ 的 [t]-[ð]、⑯ 的 [t]-[t] 都很難連續發音，為了使發音順暢，便自然產生了發音消失的現象。

❷ **can explain**　⑪ ⑬ **tear it down**　⑮ **one of the**：連音 ①
這些都是子音與母音相接，為了順暢發音，而自然產生連音現象之詞組。

❸ **own<u>ed</u> (by)**　❻ **mov<u>ed</u> (to)**　⑩ **plann<u>ed</u> (to)**
⑫ **petition<u>ed</u> (Congress)**：過去式 ed 的消音

由於過去式語尾的 ed 通常為削弱音，故也經常受後面所接單字字首的發音影響，而直接消失。在 ③ 的 ed-b 和 ⑫ 的 ed-c 等組合中，仍聽得到弱化的 ed 發音，但是在 ⑥ 和 ⑩ 的 ed-t 組合中，ed 的發音則完全消失。

Word List

National Park Services 國家公園管理局 / the tower 鐘塔 *這裡指位於華盛頓賓夕法尼亞大道上，曾為郵政局入駐之 Old Post Office Tower（舊郵政總局鐘塔），於 1899 年完工，高 96 公尺，是當時華盛頓最高的建築物，1976 年決議保存，直至現在 / be responsible for ... 負責……、對……有責任 / the federal government 聯邦政府 / the headquarters for the postal service 郵政總局

> pretty much unoccupied ⑧and it ⑨went into disrepair, and on several occasions they ⑩planned to ⑪tear it down. However, some people who are interested in historic preservation came forth and ⑫petitioned Congress to keep the building and not ⑬tear it down. And ⑭at that point Congress decided ⑮one of the ways to keep the building active was to per- ⑯permit tourists to go up to the tower, to the observation deck, and that came under the auspices of the National Park Service, so we are tenants in ⑰a federal building. We are simply- our mission is to provide access to the tower.

❹ ⑧ and it ⑨ went into：省略 + 連音 ②

④ 中 and 的 d 及 ⑨ 中 went 的 t 都發生了口語上的發音省略現象，而且 and 與 it 以及 went 與 into 還分別產生連結，故兩者聽來分別像 [ænɪ(t)] 和 [wɛnɪntu]。另外，⑧ 的 and 則為強調音，故留有 [d] 的發音，and it 聽起來 像是 [ændɪ(t)]。

⑰ a：不定冠詞的強調音

這裡的 a 發成 [e]，而非 [ə]。這種發音在日常會話中經常出現，用以表示強調。

Word List
....

unoccupied 沒人住的、空著的 / go into ... 進入……狀態、變得…… / disrepair 荒廢、年久失修 / on several occasions 有幾次 / tear 拆解…… / preservation 保存、維護 / come forth 出現 / petition 請願、訴請 / Congress 美國國會 / keep the building active 讓該建築物保持使用狀態 / observation deck 觀景台 / under the auspices of 由……贊助、在……的支持下 / tenant 承租人、房客 / federal building 聯邦大樓 / provide access 提供參觀服務、讓人能進來

🎧✏️ 聽寫 Exercise

在此列出一些較難聽取的要點。我們一開始會先播放包含實境音效的原始錄音，然後由錄音員將同樣的內容念一遍。括號中到底該填入什麼詞句呢？請一邊注意兩段聲音的不同處，一邊聽寫出內容。

🎧 track 53

1. The building is (   ) (   ) (   )
the federal government, ...

翻譯 這棟建築物其實為聯邦政府所有，……

🎧 track 54

2. ..., and on several occasions (   ) (   )
(   ) (   ) (   ) down.

翻譯 有好幾次他們打算把它拆掉。

🎧 track 55

3. And at that point congress decided (   )
(   ) (   ) ways to keep the building
active was to per- (   ) (   ) to go up to
the tower, ...

翻譯 國會於是做出裁決，認為能夠有效運用此大樓的方式之一就是讓觀光客能爬上鐘塔，到觀景台參觀，……

1. The building is actually own<u>ed</u> by the federal government, ...

有聽出 owned 中弱化了的 ed 發音嗎？另外，actually 這個單字原本應該念成 [æktʃuəlɪ]，但實際上常被念成 [æktʃəlɪ]。

2. ..., and on several occasions they plann<u>ed</u> to tear <u>it</u> down.

planned to 的 ed 發音消失，而且與後面的 to 連結；而 tear 又與 it 連結，接著 it 的 [t] 音消失，與 down 連結。因此，planned to tear it down 聽起來就像 [plæntutɛrɪdaʊn] 這樣一大串連音。你是否也聽出來了呢？

3. And at that point congress decided one o<u>f</u> the ways to keep the building active was to per- permi<u>t</u> tourists to go up to the tower, ...

at that 中 at 字尾的 t 和 permit tourists 中 permit 字尾的 t 都消失了。另外，one of 之間有連音，念成 [wʌnəv]。

 track 56

「實境錄音」都聽懂了嗎？接著比較完整版「錄音室錄音」，並參考翻譯吧！

A：嗯，你知道，我很驚訝竟然是由國家公園管理局，呃，來負責管理這棟建築物的鐘塔，呃……

P：這一點我可以說明一下。這棟建築物其實為聯邦政府所有，本來是郵政總局。但是隨著國家的發展，郵務也隨之擴展，因為這棟建築物已不敷使用，所以他們便搬到更大的大樓去，於是這棟建築物就空了下來。由於年久失修，有好幾次他們打算把它拆掉，不過有些致力於歷史文化保存的人站出來，請求國會保留這棟建築，不要拆除。國會於是做出裁決，認為能夠有效運用此大樓的方式之一就是讓觀光客能爬上鐘塔，到觀景台參觀。這樣一來，國家公園管理局就成了管理單位，所以我們算是聯邦大樓的承租人。我們只是——我們的任務就是提供鐘塔的參觀服務。

1899 年完成的舊郵政總局鐘塔。位於華盛頓主要道路賓夕法尼亞 (Pennsylvania Avenue) 大道上。

Column 08 能將華盛頓一覽無遺的祕密景點──舊郵政總局

在白宮、國會山莊、林肯紀念堂等一片綠意裡，有許多雪白瀟灑的建築物點綴其中──這樣的華盛頓，若能從高處眺望是最美不過的了。高聳的「華盛頓紀念碑」總是人氣破表，一到觀光旺季，為了購買登上碑頂的票，一早就有觀光客大排長龍。往往才早上 10 點左右，票就已銷售一空。

不過距離華盛頓紀念碑徒步不到 10 分鐘的舊郵政總局鐘塔 (Old Post Office Tower) 則擁有不需排隊就可以 360 度眺望華盛頓全景的鐘塔。而且不只是風景美不勝收，1890 年代建造的古老郵局建築本身也十分美麗。此外，雖位於擁擠的首都中心，這裡的美食街相較之下卻不那麼擁擠。若想在緊湊的觀光行程中小憩一會兒，這也是個很不錯的好地方喔！

（高井真知子）

在舊郵政總局鐘塔聽取說明 ❷

中村昌弘

💡 此單元的聽取要點

　　與 Unit 11 一樣，請先別看英文對話內容，只專心聽取聲音，至少聽個幾遍試試。之後再靠文字來確認聽不出來的發音。接著一邊注意連音與消音等發音變化，並嘗試自行模仿這些變化音。最後再次（不看文字）直接聽取，此時如介系詞與冠詞等虛詞部分都能清楚聽得出來才對。

會話情境

● **出場人物**
Anna（聽取說明的女性）
Park Service（鐘塔職員）

● **狀況**
與 Unit 11 地點相同。Park Service 的女性職員正在仔細說明建築物的內裝與設備。

🔘 Listening Points

Point 1　要怎麼到觀景台呢？

Point 2　依據公園管理局女性職員所述，導覽員會在哪裡？

> **P:** This is the elevator, right here if you get in the line, and we take ①**about ten** people ②**at a time**, and this elevator goes up to the ninth floor. ③**At that time** you'll walk down a short corridor to a second elevator, and that will ④**bring you up** to the observation deck. The ⑤**tour is** self-guided—you do it

❶ about ten：消音 ①
在前面的單元中已經出現過這種發音變化。由於是 t-t 的連續組合，故變化成只有一個 t 的狀態，聽起來就像 [əbaʊtɛn]。

❷ at a time　❹ bring you up：連音
此處 at 的 t 與 a 相連結，發彈舌音：[æDɑ]。另外 bring + you + up 的連結則念成 [bringjuʌp]。這些連音變化，你是否都聽出來了？

❸ At that time：消音 ②
這也是連續 t 所產生的發音消失現象。相同模式的消音狀況連續發生兩次，使三個單字相連，變成 [æðætaɪm]。在一般會話中，經常會出現這樣的形式與發音，故務必要能清楚辨識並習慣它。

❺ tour is：省略 + 消音
這裡的 tour is 以 tour's 這樣簡略的方式發音，造成 [ɪ] 發音的消失。

Word List

get in line 排隊 / at a time 一次…… / corridor 走廊、通道

⑥**at your** own rate. ⑦**It usually** takes about fifteen minutes,
but you will have the best view of Washington D.C.—better
than the Washington Monument.

It will take as long ⑧**as you** want; it's- it's self-guided, so you
don't need- there won't be a Ranger with you. However, if
you have any questions, there will be a ranger upstairs that
you can ask.

A: OK. Is there a bathroom upstairs?

P: There is no bathroom upstairs. The nearest bathroom will be
across the hall, behind Ben & Jerry's Ice Cream.

A: Oh, I see. OK.

P: And when you're done, this is the perfect place, you can sit
and have lunch here as well.

---

❻ **at your** ❽ **as you**：同化

at your 與 as you 都產生了偶發性的相互同化現象，發音分別變成 [ætʃuɚ]
和 [æʃju]。

❼ **It usually**：消音 ③

此處 [t] 的音消失了。在美式英語中，這類語尾 [t] 不清楚發音的狀況，是相
當常見的。不過，這種組合有時會有 [t] 發音不消失，念成 [ɪtjuʒuəlɪ] 的情
形。

Word List

self-guided 沒有導覽員，自行參觀 / at your own rate 依自己的速度進行 (= at your own
pace) / the Washington Monument 華盛頓紀念碑 *位於華盛頓特區中心的白色方尖塔，為了
紀念美國建國之父喬治華盛頓，於 1885 年所建造 / Ranger 國家公園管理員 / upstairs 樓上 /
when you're done 在你參觀完畢後

聽寫 Exercise

在此列出一些較難聽取的要點。我們一開始會先播放包含實境音效的原始錄音，然後由錄音員將同樣的內容念一遍。括號中到底該填入什麼詞句呢？請一邊注意兩段聲音的不同處，一邊聽寫出內容。

🎧 track 58

1. (   ) (   ) (   ) (   )
   (   ) (   ) (   ) (   )
   (   ) to a second elevator, ...

   翻譯 屆時你必須走過一小段走廊，才能到達第二部電梯，……

🎧 track 59

2. It will take (   ) (   ) (   )
   (   ) (   ); ...

   翻譯 你想看多久就看多久；……

🎧 track 60

3. However, if you have any questions, (   )
   (   ) (   ) a (   ) (   ) that
   (   ) (   ) (   ).

   翻譯 不過如果你有疑問，可以問樓上的管理員。

1. At that time you'll walk down a short corridor to a second elevator, ...

you'll 縮短現象應是很容易辨識的發音變化。另外，注意 walk down 中的 [k] 和 short corridor 中的 [t] 幾乎消失不見。

2. It will take as long as you want; ...

as long as you want 這一整串字聽起來像是 [æzlɔŋgæʃjuwɑn(t)]。

3. However, if you have any questions, there will be a ranger upstairs that you can ask.

注意，這裡的 will 有強調之意，因此並未被削弱。另外，can ask 之間有連音：[kænæsk]。

 track 61

「實境録音」都聽懂了嗎？接著比較完整版「録音室録音」，並參考翻譯吧！

P：這是電梯，請在這裡排隊，每次大約可坐十人，這部電梯會到九樓。屆時你必須走過一小段走廊，才能到達第二部電梯，坐那部電梯就能到達觀景台。這裡無人導覽，你可以依自己的速度自由參觀。通常會花十五分鐘，不過這裡有華盛頓特區的最佳視野——比華盛頓紀念碑還棒喔！

你想看多久就看多久，這是自由參觀的，所以你不必——不會有管理員跟著你。不過如果你有疑問，可以問樓上的管理員。

A：好。樓上有洗手間嗎？

P：樓上沒有洗手間。最近的洗手間在走廊另一頭，就在 Ben & Jerry's 冰淇淋店的後面。

A：噢，我知道了。好。

P：參觀完後，你還可以坐在這裡吃個午飯，這是個很理想的休息處。

美食街人群並不擁擠，很適合做為參觀建築物時的小憩處。

Column 09　華盛頓的街道

　　美國首都華盛頓不只有這個舊郵政總局，還有國際間諜博物館、國立非洲藝術博物館等可免費入場的博物館交雜並列於街道中。畢竟是「首都」，必須注重門面，故此處的國家公園管理員們總是儀容整潔，而街道也非常乾淨。說到華盛頓，大家很容易就聯想到白宮或林肯紀念堂等政治性觀光地，但其實光是眺望街景、散散步，感覺就很棒了。另外，各大博物館多半都附有美食街，走累了就去找個自己專屬的休息處，也挺有意思的呢！

（編輯部）

Unit 13
與天氣相關的閒聊

西村友美

 ## 此單元的聽取要點

　　本單元對話的內容是因雷雨而暫時停電之狀況，而對話中用的都是生活中常見事物的相關表達方式及說法，希望你能徹底聽懂！

會話情境

● **出場人物**
Anna（進行採訪的女性）
Cindy（談論雷電的女性）

● **狀況**
兩位女性在閒話家常，談到前一天的雷雨。

 Listening Points

Point 1 打雷前，**Cindy** 去了哪裡？
Point 2 打雷時，**Cindy** 人又在哪裡？

> **A:** Hi Cindy, how are you?
> **C:** ①<u>Great to</u> see you!
> **A:** Nice to see you.
> **C:** Yeah.
> **A:** So, did you get ②<u>caught in</u> the- the thunder and the lightning ③<u>last night</u>?
> **C:** Yeah, it was interesting yesterday. I was driving to ④<u>pick up</u> my son and ⑤<u>a sheet of rain</u> just ⑥<u>came at us</u> down the road. It was fascinating to watch. But yeah, it rained a lot, like—but we needed it.
> **A:** Exactly, exactly, ⑦<u>but you</u> were safe, right, and your son?
> **C:** Oh yeah, no problems.
> **A:** OK.

Ch
2

Unit
13

❶ Great to：消音
尾音為 [t] 的字後面接開頭為 [t] 發音的字時，第一個 [t] 會產生發音消失的現象。

❷ caught in ❹ pick up ❻ came at us：連音 ①
當以子音結尾的字後面接了以母音開頭的字時，會自然產生連音。如果後面那個單字為虛詞，連結性就會更強。

❸ last night：省略 ①
以連續子音結尾的單字後面，又接著以子音開頭的單字，則前面連續子音裡的最後一個子音就會有發音省略的現象，如 last night 念起來就像 [læsnaɪ(t)]。

❺ a sheet of rain：強調
在此因為要強調豪雨，所以特意不讓聲音連結，而是一個字一個字獨立、清楚地念出來。

Word List

get caught in ... 受困於……、陷入…… / lightning 閃電 / pick up ... 開車去接…… / fascinating 非常有趣的、讓人產生高度興趣的

C: We were in our basement watching TV, when the thunder and lightning was happening, but yeah, no problems.

A: Yeah. Actually I heard that there was one man who got hit by lightning (C: Oh!) in this area and so then, I don't know, there was an alert, you know, weather alert—but it was right in this area.

C: It affected the ⑧church a little bit here. We had- we ⑨had a lightning strike I ⑩guess a little too close and we lost power, so some of our computers are having problems; we don't have the ⑪Internet today.

A: Oh ... Today's a beautiful day.

C: It is. It's nice to have the fresh air again after the rain.

A: ⑫Absolutely. OK, well you take care, enjoy the weather, huh?

C: OK thanks, you too, Anna.

❼ **but you**：變音
but you 的發音變成 [bʌtʃu]，這屬發音同化現象。

❽ **church a** ❾ **had a** ❿ **guess a**：連音 ②
這是三個典型連音的例子。

⑪ **Internet** ⑫ **Absolutely**：省略 ②
這兩個字中的 [t] 都有發音省略的現象，聽起來像 [ɪnənɛ]（注意，後接today）、[æbsəlulɪ]。

Word List
....
basement 地下室 / weather alert 天氣警報 / affect 影響到 / lightning strike 雷擊 / lose power 停電 / absolutely 絕對地、肯定地

 聽寫 **Exercise**

在此列出一些較難聽取的要點。我們一開始會先播放包含實境音效的原始錄音，然後由錄音員將同樣的內容念一遍。括號中到底該填入什麼詞句呢？請一邊注意兩段聲音的不同處，一邊聽寫出內容。

🎧 *track 63*

1. ... yeah, it (   ) (   ) (   ),
   like—but (   ) (   ) (   ).

   翻譯 對，雨下得真是有夠大，就像——不過我們很需要雨水。

🎧 *track 64*

2. We had- we had a lightning strike (   )
   (   ) (   ) (   ) (   )
   (   ) and (   ) (   ) (   ), ...

   翻譯 我們有遭到雷擊，我想由於距離有點太近而導致停電，……

🎧 *track 65*

3. It is. It's nice (   ) (   ) (   )
   (   ) (   ) (   ) (   )
   (   ) (   ).

   翻譯 是啊，下完雨後空氣清新，感覺很不錯。

1. ... yeah, it rained a lot, like—but we needed it.

大雨雖然很令人困擾,但是為了地球環境著想,該下雨時還是要下才好。英語經常會以這類表達方式來談論與天氣相關的話題。此句括弧中的單字有發音連結的現象,請聽清楚。

2. We had- we had a lightning strike I guess a little too close and we lost power, ...

這裡的 I guess 用來穿插於段落中,而此處的 power 是指電力。另外,注意 lost 的 [t] 則有出現消音的現象。

3. It is. It's nice to have the fresh air again after the rain.

下完雨後若能說出這樣一句話,雙方應該都會很愉快。注意,fresh air again 有發音連結的現象。

 track 66

「實境錄音」都聽懂了嗎?接著比較完整版「錄音室錄音」,並參考翻譯吧!

A:嗨,Cindy,妳好嗎?

C:真高興看到妳!

A:我也很高興看到你。

C:是啊!

A:妳昨晚有沒有被雷電困住?

C:有,昨天很有趣!我去接我兒子,在回來路上有一陣大雨襲來。看著那傾盆大雨挺有意思的。但是,對,雨下得真是有夠大,就像——不過我們很需要雨水。

A:的確,沒錯,不過妳沒事對吧,妳兒子呢?

C:噢,沒事。

A:那就好。

C:我們在地下室看電視,外面一陣閃電雷鳴,不過一切都很好。

A:是喔。事實上我聽說這區有個男子被雷擊中(C:噢!),所以呢,我不曉得耶,有發出警報,妳知道的,有關天氣的警報——但就是在這個區域。

C:這場暴雨對教堂有點影響。我們有遭到雷擊,我想由於距離有點太近而導致停電,所以有些電腦就出了問題。我們今天都沒網路可用。

A:噢……今天天氣倒真好。

C:是啊,下完雨後空氣清新,感覺很不錯。

A:一點都沒錯。好了,妳多保重,好好享受這天氣吧。

C:好的,謝謝。妳也保重,Anna。

如龍捲風等,日本和美國天氣變化的
規模有所差異。天候惡劣時,尤其應
注意是否有相關警報。

Column 10　Storm Warning「暴風雨警報」

　　暴風雨逼近時,若預測會有強風、豪雨,有時便會發布 Storm Warning。或許是因為地形不如日本複雜,美國的 Storm Warning 常以市 (City) 或郡 (County) 為單位發布,天氣預報相當仔細。在日本,若有大地震發生,電視畫面就會切出一部分用來顯示海嘯資訊。而美國也有類似做法,會在畫面上部以字幕顯示相關資訊,比如像 Arlington County 16:00~16:45 這樣,針對各區域,以 5 到 10 分鐘為單位,通知民眾警戒的時間範圍,而且這些資訊都相當正確。

　　通常發布 Storm Warning 時,風雨都會大到幾乎無法撐傘走路,最好待在室內。若預測是更嚴重的暴風雨,甚至還會呼籲民眾「切勿靠近門窗,請至地下室或家中內部較安全處待著」。看來,美國連天氣變化的規模,都比別人大!

（高井真知子）

95

除了紐約之外，你還去過哪裡？

西村友美

💡 此單元的聽取要點

我們經常聽到以「我（未）曾去過……」這類句子起始的對話，本單元就是一個例子。請注意聽本單元中的這位女生是被尼加拉大瀑布噴得全身溼透了呢？還是怎麼了？

出場人物
Woman（談論尼加拉大瀑布的女生）
Man（聆聽對方發言的男生）

狀況
進行對話的雙方都住在紐約郊區。「除了紐約之外，你還去過哪裡？」，本單元會話，就從女生對此問題的回答開始。

🔘 Listening Points

Point 1 這位男生說他曾去過哪裡？
Point 2 這位女生說他曾去過哪裡？

W: I've never been ①out of the U.S. ②except for Canada.

M: I've been to the Bahamas, uh, that's pretty much overseas. I've been there, it was nice. I took a cruise a while back.

W: And I went to Canada in the ③sixth grade vaca- uh, ④field trip, a field trip. We saw Niagara Falls and rode the bus, and ⑤it was fun.

M: Were you able to get- go into the water and- and go ...

---

❶ **out of**：連音 ①
子音後緊接著母音而產生發音連結，是相當自然的連結現象。

❷ **except for** ❸ **sixth grade** ❻ **but we**：省略
② 的 [t]、③ 的 [θ] 和 ⑥ 的 [t] 發音，皆有發音省略的現象。

❹ **field trip**：消音 ①
field 的最後一個子音 [d]，有發音消失的現象。

❺ **it was**：弱讀
之前的各單元中都曾出現 be 動詞弱讀的情況。

Word List

---

except for ... 除了……之外 / the Bahamas 巴哈馬群島 *是位於佛羅里達半島東側的島嶼，巴哈馬國屬於英聯邦成員之一 / pretty mutch 差不多、幾乎 / overseas 國外 / take a cruise 坐船周遊 / a while back 前陣子 / Niagara Falls 尼加拉大瀑布 *分隔了加拿大安大略省與美國紐約州的國界瀑布

W: No, ⑥but we ⑦did ⑧take a boat, and we had to wear, you know, ⑨pull-on, um, raincoats, because we went under, you know, ⑩like in back of the waterfalls.

M: Ah, so the mist ... from the waterfalls.

W: Yeah, yeah, yeah. I think the boat was called "the Mist," something like that.

M: Yeah, you might be right about that. I think I heard something like ⑪that too.

W: Yeah, it's very cool.

❼ **did**：強調 ①
為了強調曾經坐船一事，而將此字做重讀。

❽ **take a** ❾ **pull-on**：連音 ②
和 ① 的 out of 一樣，因子音後面緊接著母音，而產生發音連結現象。

❿ **like in back of the waterfalls**：強調 ②
為了強調「到瀑布後方」，故各個單字不做連結，而是分別清楚地說出來。

⑪ **that too**：消音 ②
that 字尾的 [t] 消音。

Word List
....

pull-on 從頭套上、戴上（雨具） ∕ waterfall 瀑布 ∕ "the Mist," something like that 叫「霧」
什麼的 *正確名稱為 Maid of the Mist「霧中少女號」

 聽寫 Exercise

在此列出一些較難聽取的要點。我們一開始會先播放包含實境音效的原始錄音，然後由錄音員將同樣的內容念一遍。括號中到底該填入什麼詞句呢？請一邊注意兩段聲音的不同處，一邊聽寫出內容。

🎧 track 68

1. I've (　　　　) (　　　　) (　　　　) (　　　　)
the U.S. (　　　　) (　　　　) Canada.

(翻譯) 除了加拿大之外，我從沒去過美國以外的其他地方。

🎧 track 69

2. I think (　　　　) (　　　　) (　　　　)
(　　　　) "(　　　　) (　　　　)," (　　　　)
(　　　　) (　　　　).

(翻譯) 我記得那艘船叫「霧」什麼的。

🎧 track 70

3. Yeah, you (　　　　) (　　　　) (　　　　)
(　　　　) (　　　　).

(翻譯) 對，妳可能說對了。

1. I've never been outside of the U.S. except for Canada.

能清楚聽出 I've never been 後，接著請練習將整句順暢地說出來。別忘了 except 後面要接 for ！

2. I think the boat was called "The Mist," something like that.

由於記憶模糊，故將 think 強烈發音，以表現出「我想」、「在我印象中」的感覺。而最後又用 something like that 這種說法，好讓對方知道自己對船名部分並不確定。

3. Yeah, you might be right about that.

此句以 might 表達了「也許」這種不確定之意。另外，請注意 might 的 [t] 和 about 的 [t] 之消音現象，以及 right about 之間的連音情況。

track 71

「實境錄音」都聽懂了嗎？接著比較完整版「錄音室錄音」，並參考翻譯吧！

W：除了加拿大之外，我從沒去過美國以外的其他地方。

M：我去過巴哈馬，呃，巴哈馬算是國外地區了。我去過那兒，很不錯，我是前陣子坐遊船去的。

W：小學六年級放——呃，校外教學，是校外教學的時候，我去過加拿大。我們參觀了尼加拉大瀑布，搭遊覽車，很好玩。

M：你們有沒有進到瀑布裡，然後去……

W：沒有，但是我們有坐船，還必須穿，你知道的，套上，嗯，雨衣，因為要下到瀑布的後方。

M：啊，所以有水氣，被瀑布的水霧淋溼。

W：對、對、對。我記得那艘船叫「霧」什麼的。

M：對，妳可能說對了。我想我也聽說過那艘船。

W：對啊，很酷喔！

能接近瀑布旁的 Journey Behind the Falls 是很受歡迎的觀光活動之一。

Journey Behind the Falls

此瀑布為美國／加拿大國界所在處，故「霧中少女號」可從美國也可從加拿大上船。

Column 11 走出紐約

　　尼加拉大瀑布位於美加邊境，景象壯觀，瀑布隆隆作響的聲音震撼力十足。若想在紐約近郊體驗大自然，這可算是最佳景點。在本單元會話中，女生所說的那艘船正式名稱為 Maid of the Mist「霧中少女號」。能接近瀑布旁的 Journey Behind the Falls 很受歡迎。登船時會免費借給遊客防雨用的披風，但是基本上一定還是會淋溼，最好有心理準備。若要參加旅行團，選在炎熱的 7～8 月（活動至 10 月為止）前往是最為理想的。

（編輯部）

關於麥可傑克森

中村昌弘

 ## 此單元的聽取要點

　　麥可傑克森之死以及其後陸續出現的報導常是街頭巷尾的談論話題。在這段對話中，處處可見連音、弱讀、簡略及其他口語上的發音變化。

> 會話情境

● **出場人物**

Anna（聆聽對方發言的女性）

Man（談論麥可傑克森之死的男性）

● **狀況**

Anna 以 2009 年喧騰一時的麥可傑克森猝死事件為題，對某位男性展開訪談。

圖片來源：http://commons.wikimedia.org/wiki/
File:Michael_Jackson_in_Vegas_cropped.jpg

 Listening Points

Point 1　這位男性說他對什麼感到很驚訝？

Point 2　這位男性如何看待麥可之死？

> **A**: What's the latest on Michael Jackson that you heard?
> **M**: Yes, uh ①it's a sad story, ②but apparently, uh, he died not too long ago. And, um, ③they're having discussions over who's ④gonna take over his kids, so, you know …
> **A**: Uh-huh, uh-huh. Yeah, and you know, I actually heard something about, um, they want- they don't know the cause of his death, but, uh, the, um- apparently they want to blame

❶ **it's a：弱讀**

這裡的 it's a 發音非常微弱，幾乎只聽得到 [ts] 的音。而後面 sad 的 d 有發音消失的現象。這些全部連在一起，聽來就像 [tssæstɔrɪ]。

❷ **but apparently：連音 ①**

這裡的 but 與 apparently 連結在一起，且此時 but 的 t 為美式英語發音的彈舌音 [D]。

❸ **they're：簡略**

若將 they are 快速念出來，就會自然形成 they're 這樣的簡略形式，念起來幾乎和 there 或 their 一樣，發成 [ðɛr] 的音。

❹ **gonna：口語上的發音變化 ①**

把 going to 念成 gonna [gɔnə] 為口語化的現象。

Word List

Michael Jackson 麥可傑克森 *(1958～2009) 有 King of Pop 之稱的美國歌手，2009 年 6 月猝死，死因為藥物過量 / apparently 似乎、顯然地 / they're having discussions over ... *此處的 they 指麥可傑克森的親人等 / take over ... 接收、接管 / cause 原因

it on somebody, so they're looking at- into the doctors? Do you hear about that?

M: Yes, you're right actually, his own personal doctor, that's been with him for a while. I'm pretty surprised they ⑤<u>wanna</u> blame him for it, but yes, ⑥<u>you're right</u>.

A: Well, in your opinion, what do you think really happened (M: In my …), considering his- his style-lifestyle?

M: Yes, um, I mean, I'm not the one to judge 'cause I ⑦<u>wasn't there</u>, but I'm guessing he might've overdosed, something like that, that's what I think. Or maybe he just had too much on his mind, who knows?

A: Yes.

M: He did get harassed quite a … few bits. For different issues—one pertaining to kids, but that's another topic.

❺ **wanna**：口語上的發音變化 ②
把 want to 念成 wanna [wɑnə] 與 gonna 的情況相同，為口語化現象。

❻ **you're right**：連音 ②
you're 與 right 直接連結，念成 [jurɑɪt]。

❼ **wasn't there**：縮短 + 消音
發音縮短的 wasn't 後面接以 [ð] 為首的 there，故 wasn't 的 [t] 發音消失，整體念成 [wɑznðɛr]。

Word List

blame (sth.) on (sb.) 將⋯⋯的責任歸咎於⋯⋯ / look into 仔細調查 / blame (sb.) for (sth.) 把⋯⋯怪罪到⋯⋯身上 / judge 判斷 / overdose 用藥過量 / Or maybe he just had too much on his mind 或許是他精神上有太多負擔 / harass 騷擾、不斷攻擊 / pertaining to 關於 / that's another topic 那又是另一個話題了

104

聽寫 Exercise

在此列出一些較難聽取的要點。我們一開始會先播放包含實境音效的原始錄音，然後由錄音員將同樣的内容念一遍。括號中到底該填入什麼詞句呢？請一邊注意兩段聲音的不同處，一邊聽寫出内容。

🎧 track 73

1. I'm pretty surprised they (　　　　) blame him

(　　　　) (　　　　), ...

(翻譯) 我很訝異他們竟然把這件事怪到他頭上，……

🎧 track 74

2. ..., I mean, I'm not the one to judge (　　　　) I

(　　　　) (　　　　), ...

(翻譯) 我想我沒有資格做評斷，因為我人並不在那裡，……

🎧 track 75

3. ..., but I'm guessing he (　　　　) overdosed,

(　　　　) like that, that's what I think.

(翻譯) 但是我猜他有可能是用藥過量之類的，我覺得啦。

1. I'm pretty surprised they wanna blame him for it, ...

在本句中，want to 可口語化成 [wɑnə]。另外，for 與 it 連結起來念成 [fɔrɪt]。

2. ..., I mean, I'm not the one to judge 'cause I wasn't there, ...

本句中將 because 簡化成 'cause，而在此 'cau 的發音又被極度弱化，幾乎只聽得到 [z] 的音。

3. ..., but I'm guessing he might've overdosed, something like that, that's what I think.

這裡的 might have 被簡略為 might've，念成 [maɪtəv]。另外，後面的 something 也被口語化簡略成 [sʌm̩]（注意，[m] 必須念重，彷彿是一個音節），如此一來等於 thing 的部分都消失不見了。

 track 76

「實境錄音」都聽懂了嗎？接著比較完整版「錄音室錄音」，並參考翻譯吧！

A：你聽到的關於麥可傑克森的最新消息是什麼？

M：是的，呃，那真是則悲慘的消息，但是顯然，呃，他過世還沒多久，而，嗯，他們就已經在爭論是誰要接收他的小孩了，所以，妳知道……

A：嗯，嗯，是啊，你知道嗎，事實上我聽說他們想——他們並不清楚死因，但是顯然他們想將這事怪罪於某人，所以好像對醫生做了詳細調查？你有聽說這件事嗎？

M：有，事實上妳說對了，就是他的私人醫生，這個醫生跟他在一起有好一陣子。我很詫異他們竟然把這件事怪到他頭上，但是確實有這件事。

A：嗯，那依你看，到底發生了什麼事（M：依我……），如果考量他的生活方式的話？

M：是的，嗯，我想我沒有資格做評斷，因為我人並不在那裡，但是我猜他有可能是用藥過量之類的，我覺得啦。又或許他精神壓力太大了，誰知道？

A：是啊。

M：他確實遭受到不少攻擊。都是些不同的問題——有一件跟孩童有關，不過那又是另一個話題了。

2009 年 8 月 29 日，在麥可生日這天，全世界各地都舉辦了追悼活動。在墨西哥市，隨著麥可的暢銷名曲 Thriller 而起舞的歌迷超過 11 萬人，創下金氏世界紀錄。

圖片來源：http://commons. wikimedia.org/wiki/File:People_ Dancing_Thriller.jpg

Column 12　**Michael Jackson Memorial**

　　2009 年 7 月 7 日，美東時間下午 1 點，美西時間上午 10 點，舉行了麥可傑克森的追悼儀式。全美共有 18 個電視網做無廣告的即時轉播。根據公布的資料顯示，共有 3,110 萬人觀賞，這在 2009 年的收視率排行中，僅次於 1 月份的歐巴馬總統就職典禮。由於此追悼儀式是在平日中午舉行，因此很多無法看電視的人紛紛上網觀賞，依據事後公布的數字顯示，以提供影片為主之網站的點閱數光是 MSNBC 就高達 1,900 萬，另外 CNN 有 1,050 萬，而 ABC 也有 600 萬。其他許多網站也進行了即時轉播，整體點閱數難以估計。Twitter 還因大量湧現與麥可傑克森相關之「推文」，而造成了網站的暫時關閉。而在麥克傑克森猝死 1 個月之後，依然能夠在電視頭條新聞中看到相關的報導，足見該事件對美國社會的衝擊力有多大。

（高井真知子）

Unit 16
與超市員工聊起其母國蘇丹
中村昌弘

💡 此單元的聽取要點

　　Anna 正在訪問超市員工。訪問對象來自蘇丹，而英語是她會的一種外語，不過因爲她來自蘇丹，所以她的英語有一種獨特的腔調。有趣的是，也正因爲有這樣的腔調，更提高了這段對話的「臨場感」。

 會話情境

● 出場人物
Anna（聆聽對方發言的女性）
Woman（超市員工）

● 狀況
Anna 正在這裡訪問超市員工。由於兩人在收銀台附近對話，所以背景音稍大了些。此女性員工爲蘇丹出身，她談起了自己的母國。

🎧 Listening Points

Point 1 依據女性員工所述，目前蘇丹的情勢如何？
Point 2 這位女性員工對美國有何評語？

A : So, um, ①where are you from?

W: Sudan.

A : Sudan? And how long have you been here?

W: ②Twenty-five years.

A : Yes. What- um, what do you hear of the news in Sudan now? What's the latest?

W: Um, better than before. It's clear. (A: Exactly.) When I talk about the Darfur, about the ③problem, and the ④president,

❶ where are you：連音
where are you 這三個單字應連成一氣，念成 [hwεɑrju]。

❷ Twenty-five：省略
在 Twenty 中，n 與 y 之間的 t 發音省略，念成 [twεnɪ]。在此發言的女性店員，其母語雖非英語，但是由於她長年居住於美國，便自然學會了美式英語特有的發音變化。

❸ problem ❹ president：腔調造成的發音變化 ①
這兩者都是 [p] 的音變成了 [b]，不過這是腔調造成的，而非一般正常的發音。二者的差別在於一個為無聲 ([p])，另一個則為有聲 ([b])。

Word List

the latest 最新的（新聞、消息）　/ Darfur 達佛 *蘇丹西部區域（由於政府軍系之阿拉伯民兵組織與反政府軍的內戰，造成該地區許多非阿拉伯居民被虐殺）

they um, they ⑤learned- they learned to fix ⑥they suffering now. (A: Ah, yes.) It's better than before, better than before.

A : Will you be able to- will you be able to go there any time soon?

W: Yeah, I'm gonna go next month; my father, he's sick.

A : OK.

W: ⑦I'll go to see him and ⑧I'll come back.

A : Yeah.

W: I like to go there, and always I help if somebody needs help, (A: Yeah.) yeah.

❺ learned：腔調造成的發音變化 ②

這也是腔調所造成的發音變化，聽起來不像 [lɜn] 反而更接近 [lean]。因腔調而形成的母音發音變化相當常見。這裡因為有 r 而使得發音更難辨別，不過只要根據前後文，便不難判斷此發音所代表的其實就是 learn。

❻ ❾ ❿ they：腔調造成的發音變化 ③

這些 they 本來應為 they're，念成 [ðɛr]，但是卻都被說成 [ðe]。這可能是文法錯誤，不過仍能達意。

❼ ❽ I'll：腔調造成的發音變化 ④

在此兩處的 'll 卻都沒被發音。以英語為母語的人說出 I'll 時，會在發出 [aɪ] 的音後，緊接著將舌頭放到 [l] 的發音位置去

Word List
....
fix 恢復原狀、修復 / to fix they suffering 修復他們的苦難 * they 應為 their，是口誤

A : You like it here, right?

W: I like it; this is my country also. (A: Absolutely.) I feel like my c- I grow up there, and I came here after I married, but I feel also this my country, my people. I like American people.

A : And your children, they're ...?

W: My children are American: ⑨<u>they</u> born here and I have two in the Marines. ⑩<u>They</u> doing good. (A: Yes.) America helped me a lot about my children. They helped me a lot. I'm very proud.

A : Yes. Oh, that's great.

Ch
2

Unit
16

Word List
....
absolutely 絕對地、確實沒錯 / grow up 成長、長大 / marry 結婚 / the Marines 海軍陸戰
隊 *貧窮移民的子女，若進入軍隊服役，便能獲得獎學金等支助

 聽寫 **Exercise**

在此列出一些較難聽取的要點。我們一開始會先播放包含實境音效的原始錄音，然後由錄音員將同樣的內容念一遍。括號中到底該填入什麼詞句呢？請一邊注意兩段聲音的不同處，一邊聽寫出內容。

🎧 track 78

1. It's (　　　　　) than before, (　　　　　) (　　　　　)
(　　　　　).

翻譯 已經比以前好了，比以前好了。

🎧 track 79

2. Yeah, I'm (　　　　　) go next month; my father, he's
sick.

翻譯 可以，我下個月就要回去；我父親病了。

🎧 track 80

3. ... they born here and I (　　　　　) (　　　　　)
(　　　　　) (　　　　　) Marines.

翻譯 他們在這裡出生，我有兩個孩子在海軍陸戰隊。

1. It's better **than before,** better than before.

第一個 better 的 r 發音聽起來較像捲舌音。

2. Yeah, I'm gonna **go next month; my father, he's sick.**

going to 變成口語的 gonna [gɔnə]。

3. ... they born here and I have two in the **Marines.**

have 的 [v] 通常在表示「必須……」之意的 have to 中才會產生同化現象,被無聲化為 [f],但是這裡並不是 have to,而是 have two,請仔細聽清楚。

 track 81

「實境錄音」都聽懂了嗎?接著比較完整版「錄音室錄音」,並參考翻譯吧!

A:那,嗯,妳是從哪裡來的呢?

W:蘇丹。

A:蘇丹?那妳來這裡多久了?

W:25 年。

A:是喔。那妳有沒有聽說現在蘇丹有什麼新聞?最新的消息是什麼?

W:嗯,比以前好。沒有障礙了。(A:確實如此。)當我提到達佛的時候,那裡的問題,還有總統,他們,嗯,現在知道該修復他們的苦難了(A:嗯,是啊)。已經比以前好了,比以前好了。

A:妳現在可以隨時回去嗎?

W:可以,我下個月就要回去;我父親病了。

A:這樣啊。

W:我會去看他,再回來。

A:是。

W:我喜歡回去,而且我會幫助需要幫助的人(A:是。),是的。

A:妳喜歡這裡,對吧?

W:我喜歡;這裡也是我的故鄉(A:確實沒錯。),我覺得我的……我在那裡出生長大,婚後才到這裡來,但是我也覺得美國是我的故鄉,這裡的人是我的國人,我喜歡美國人。

A:那你的孩子們,他們是……?

W:我的孩子們是美國人;他們在這裡出生,我有兩個孩子在海軍陸戰隊。他們過得很好。(A:是的。)我的孩子方面美國幫了我很多忙。他們幫了我很多忙。我感到很驕傲。

A:是。噢,這真是太好了。

與旅館員工聊起汽車通勤
中村昌弘

💡 此單元的聽取要點

　　Anna 正在訪問旅館員工。一聽到對方出身菲律賓，Anna 就以菲律賓語 Kumusta?（你好嗎？）來打招呼。在此補充說明一下，據說這句是從西班牙語 ¿Cõmo estás? 衍生出來的。一般而言，菲律賓腔很重的英語並不容易聽懂，但是這位先生所說的英語腔調並沒有很重，應該較容易聽懂。

會話情境

● 出場人物
Anna（聆聽對方發言的女性）
Man（旅館「Comfort Inn」的員工）

● 狀況
Anna 正在訪問服務於旅館的男性員工。這位男性來自菲律賓。他們談的是從自家前往工作地點的相關話題。

🔘 Listening Points

Point 1 這位男性是因為什麼機緣而來到華盛頓？

Point 2 這位男性的工作時間從幾點到幾點？

A : Hi, how are you?

M: I'm fine, thank you. How are you?

A : Great. Um, so, may I ask where you're from?

M: Well, I'm from Philippines.

A : The Philippines? Ah, "Kumusta? Mabuti?"

M: Mabuti?

A : Yes.

M: Yeah, my- my parents from Philippines. Uh, I was born there, but I grow up here in America.

A : Ah, how old were you when you came to America?

M: I was ①eleven years old.

A : Eleven? OK. That's, um, I was seven when I came to America.

M: Yeah, I still speak my language, so which is good.

❶ eleven years old：連音 ①

eleven years old 連成一氣，發音聽起來就像 [ɪlɛvnjɪrzold]。

Word List

Kumusta? 你好嗎？（塔加拉語） / Mabuti? 我很好（塔加拉語）

A : You do? Absolutely. And what is- your language is?

M: Tagalog.

A : Tagalog, yeah, that's what I thought. Good. So, uh, what brings you to Washington?

M: My parents lived, uh, Washington D.C. when we first got here, and since then ②they've been living here for a long time.

A : And you work here?

M: I work here ③at the ④Comfort Inn.

A : Yep? And how do you g- how do you get here?

M: I drive here. My ⑤house is about forty-five minutes away from this location.

A : Wow! Forty-five minutes?

❷ **they've been**：消音 ①
they have 縮減成 they've，念成 [ðev]，但是由於之後緊接著 been，故 [v] 的發音便幾乎消失，整體聽起來就像 [ðebɪn]。

❸ **at the**：消音 ②
在 at the 的發音中，at 的 [t] 音消失，再與 the 連結，變成 [æðə]。

❹ **Comfort Inn**：連音 ②
Comfort Inn 連結起來，念成 [kʌmfətɪn]。

❺ **house is about**：縮短
此處的 house 之後所接的 is 有被簡略的現象，並與 house 的 [s] 結合變成 [z]，再與其後的 about 連結，變成了 [haʊzəbaʊ(t)]。若是以英語為母語者，則會念成 [haʊsɪzəbaʊ(t)]。

Word List

absolutely 確實、正是如此 *表示同意 / Tagalog 塔加拉語 *菲律賓的官方語言之一 / what brings you to ... 為什麼來……呢？

116

> **M:** With traffic, but without traffic, it's about thirty-five, thirty minutes.
>
> **A:** Wow, OK. So what time do you have to wake up, uh, in the mornings to come?
>
> **M:** Yeah, because, 'cause I work during the rush hour, 8:00 to 4:00, so going to work eight in the morning is really rush hour. So I ⑥have to leave my house 6:30 to be here on time.
>
> **A:** Exactly, wow. So you're not alone in the morning traffic.
>
> **M:** No, there's somebody else there! And uh, going back home's 4:00 in the afternoon, it's still rush hour getting out of the ... yeah.
>
> **A:** OK.

❻ **have to**：同化
have 的 [v] 因同化現象而無聲化為 [f] 是標準的發音變化模式。但是這裡的 [f] 音則消失，使發音變成 [hætu]，聽起來倒像是有同化現象的 had to。

Word List
....

with traffic 塞車的時候 / without traffic 不塞車的時候 / wake up 起床 / on time 準時 /
you're not alone in the morning traffic *指早晨的路上並不只有這位男性的車在路上跑

聽寫 Exercise

在此列出一些較難聽取的要點。我們一開始會先播放包含實境音效的原始錄音,然後由錄音員將同樣的內容念一遍。括號中到底該填入什麼詞句呢?請一邊注意兩段聲音的不同處,一邊聽寫出內容。

🎧 track 83

1. ..., may I ask (　　　) (　　　) (　　　)?

翻譯 那可以請問你是從哪裡來的嗎?

🎧 track 84

2. I (　　　) (　　　) when I came to America.

翻譯 我來美國的時候是七歲。

🎧 track 85

3. You do? Absolutely. And what is- your (　　　)
(　　　)?

翻譯 是嗎?確實很不錯。那你說哪種語言呢?

◉ ✎ Exercise 解說

1. ..., may I ask where you're from?

where 與 you're 連結在一起，發音變成 [hwɛrjur]。

2. I was seven when I came to America.

was 與接下來的 seven 連結，成了 [wɑsɛvn̩]，原來字尾的 [z] 消失。

3. You do? Absolutely. And what is- your language is?

You do 靠著句尾的語調變化而變成疑問句。另外，language 與 is 連結，念成 [læŋgwɪdʒɪz]。

 track 86

「實境錄音」都聽懂了嗎？接著比較完整版「錄音室錄音」，並參考翻譯吧！

A：嗨，你好嗎？

M：很好，謝謝。妳呢？

A：好極了。嗯，那可以請問你是從哪裡來的嗎？

M：嗯，我來自菲律賓。

A：菲律賓？啊，「Kumusta? Mabuti?」

M：Mabuti?

A：對。

M：是啊，我父母來自菲律賓。呃，我在菲律賓出生，但是在美國長大。

A：啊，你來美國時幾歲呢？

M：十一歲。

A：十一歲？噢，那，嗯，我來美國的時候是七歲。

M：這樣啊，我到現在還會說本國語言，這是件好事。

A：是嗎？確實很不錯。那你說哪種語言呢？

M：塔加拉語。

A：塔加拉語，是，我想也是。那，呃，你又是為什麼來到華盛頓的呢？

M：我們一開始到這裡來的時候，我父母就住在華盛頓特區，他們已經在這裡住很久了。

A：那你在這裡工作嗎？

M：我就在這裡 Comfort Inn 工作。

A：是喔？那你都怎麼來上班？

M：我開車來。我家在離這裡大約四十五分鐘的車程。

A：哇！四十五分鐘？

M：塞車的時候；如果沒塞車，大約三十或三十五分鐘左右。

A：哇，這樣啊。那為了上班你，呃，早上都得幾點起床？

M：是，因為我在尖峰時間 8:00 到 4:00 工作，所以早上 8 點上班正是尖峰時間。因此我通常都必須 6:30 就出門才趕得及到這裡。

A：的確如此，哇。所以早上通勤時你並不寂寞。

M：不寂寞，路上有人跟我一起！而且，呃，下午 4:00 回家，離開……的時候又是尖峰時間……，對。

A：這樣啊。

119

什麼是「在家自學」?

中村昌弘

💡 此單元的聽取要點

Anna 在暑假期間訪問了 Rachel。Rachel 剛完成七年級（相當於國中一年級）的課程，但是她不是到學校上課，因為 Rachel 家採用了「在家自學」方案。那麼這到底是怎樣的制度呢？

會話情境

● 出場人物
Anna（進行訪問的女性）
Rachel（在家自學的女孩）

● 狀況
Anna 正在訪問採用「在家自學」方案的女孩 Rachel。

🔊 Listening Points

Point 1 所謂「在家自學」，到底是怎樣的制度？
Point 2 依據 Rachel 所述，在家自學有什麼優點和缺點？

A: Hi! ①<u>What's your</u> name?
R: I'm Rachel.
A: Rachel, that's a pretty name.
R: Thank you. (laughter)
A: So, Rachel, um, are you in school?
R: I- I'm ②<u>homeschooled</u>, but ③<u>I'm out for</u> the summer.
A: That's great, and what year is th- uh, are you in?
R: Um, I just finished seventh grade.
A: Seventh grade. OK, and tell me a little bit, I'm not familiar with home school. What is that?

Ch
2

Unit
18

❶ What's your：偶發同化 + 連音 ①
What's 的 [ts] 和 your 的 [jʊ] 連結起來，變成 [tʃɔ] 這樣的發音。這並非固定產生的發音變化，所以稱為偶發同化，不過 [hwɑtʃɔr] 在日常對話中很常聽到。

❷ homeschool<u>ed</u>：語尾的 ed 被弱讀
過去式、過去分詞的 ed 經常被發成削弱音，這裡的 ed 也幾乎聽不見。

❸ I'<u>m ou</u>t for：連音 ② + 消音 ①
I'm out for 產生發音連結現象，變成 [aɪmaʊfɔr]。另外，注意 out 的 [t] 被消音。

Word List

homeschool 在家自行教育（小孩）/ be out for the summer 過暑假、放暑假 / not familiar with 不熟悉、不清楚

R: Um, my mom ④<u>teaches us at home</u>. She has a curriculum, like any school, and she just, uh, teaches us like a normal school.

A: Wow, and how many students does she have, or how many …

R: She teaches her four children, my siblings.

A: OK, and are you the oldest or the youngest?

R: I am the ⑤<u>third child</u>.

A: Third child, OK, so did all your, uh, brothers and sisters, or your older siblings, did they go through, (R: Yes.) they're still going through homeschooling?

R: Yes.

A: Uh-uh. So how do you get, um, how do you get sports or activities? You know, um …

R: Well, um, this area has quite a few homeschool-homeschooling families, and so, um, we- there are quite a few organizations that are homeschooling, uh, sports things.

❹ **teaches us at home**：連音 ③ + 消音 ②
這四個單字連結在一起，形成 [titʃɪzʌsæhom] 這樣一大串的音。注意，at 的 [t] 被消音。

❺ **third child**：消音 ③
third 的 [d] 音消失，並與 child 連結，聽起來就像 [θɜtʃaɪld]。

Word List

curriculum 課程 / sibling 兄弟姊妹 / go through 進行

A: And you guys have summers as well?

R: Mm-hum, yes.

A: Oh, OK, it's not ⑥<u>year-round</u>.

R: No. For some people it is, but not for us.

A: Yeah, wh- what do you think is, um, the, uh, positive thing about homeschooling versus negative things?

R: Um, positive things would be, uh, we get to learn what our parents think we should learn, and, um, and I guess the negative side would be that it's- sometimes we don't get to interact with children- with other kids as much.

A: Mm-hum, mm-hum, in class.

R: Yeah.

A: OK, we won't tell your mom that!

R: I think she knows!

A: Thank you, thank you.

❻ **year-round**：省略

your 結尾的 r 和 round 開頭的 r 結合，變成只有一個 [r] 音。

Word List

- -

quite a few 相當多 / guys 你們 *也可指女性 / as well 同樣的 / year-round 一整年 / positive 正面的 / versus 與……相比 / negative 負面的 / interact with 與……接觸、與…… 交流 / as much 同樣地

 **聽寫 Exercise**

在此列出一些較難聽取的要點。我們一開始會先播放包含實境音效的原始錄音，然後由錄音員將同樣的內容念一遍。括號中到底該填入什麼詞句呢？請一邊注意兩段聲音的不同處，一邊聽寫出內容。

🎧 track 88

1. And you (　　　) (　　　) (　　　) (　　　) well?

(翻譯) 那妳們也有暑假嗎？

🎧 track 89

2. ..., we get to learn (　　　) (　　　) (　　　) think we should learn, ...

(翻譯) 我們能夠學習父母認為我們應該學的東西，……

🎧 track 90

3. ..., and I guess the negative side would be that it's-sometimes we don't get to (　　　) (　　　) (　　　) - (　　　) (　　　) (　　　) (　　　) much.

(翻譯) 而，嗯，我想缺點就是有時候我們不能跟小孩們——不能同樣地與其他孩子互動。

 **Exercise 解說**

1. And you guys have summers as well?

在一般會話中，you guys 的使用頻率很高，請好好記住此說法。另外，summers 與 as 產生發音連結現象，就變成了 [sʌməzæz]。

2. ..., we get to learn what our parents think we should learn, ...

Ch
2

Unit
18

what 與 our 連結起來，變成 [hwɑtɑʊr]。

3. ..., and I guess the negative side would be that it's-sometimes we don't get to interact with children- with other kids as much.

kids as 因發音連結而變成 [kɪdzæz] 的音。

 track 91

「實境錄音」都聽懂了嗎？接著比較完整版「錄音室錄音」，並參考翻譯吧！

A：嗨！妳叫什麼名字？

R：我叫 Rachel。

A：Rachel，很美的名字。

R：謝謝！（笑）

A：那 Rachel，嗯，妳有在上學嗎？

R：我在家自學，但是現在在放暑假。

A：真好，那你，呃，幾年級了？

R：嗯，我剛完成七年級的課程。

A：七年級。好，那請妳告訴我一些關於在家自學的事，我不太清楚這方案。它到底是什麼？

R：嗯，我媽在家教我們。她有一套完整課程，就像學校一樣，她就，呃，和一般學校一樣替我們上課。

A：哇，那她有幾個學生，或者有幾個……

R：她教她的四個小孩，就是我的兄弟姊妹。

A：好，那妳是最大的還是最小的孩子？

R：我是第三個。

A：第三個小孩，好，那你所有的兄弟姊妹或哥哥姐姐是不是都採取，（R：是的。）他們是不是現在還在家自學？

R：是的。

A：了解。那妳們怎麼運動或做活動？妳知道，嗯……

R：這個嘛，嗯，這一區有相當多家庭都採取在家自學方案，所以，嗯，我們——有不少在家自學，呃，運動的組織。

A：那妳們也有暑假嗎？

R：嗯，有的。

A：喔，好，所以不是整年都在上課。

R：對。有些人整年都上課的，但是我們不是。

A：這樣啊，那妳覺得，嗯，在家自學有什麼優點，又有什麼缺點？

R：嗯，優點應該是，呃，我們能夠學習父母認為我們應該學的東西，而，嗯，我想缺點就是有時候我們不能跟小孩們——不能同樣地與其他孩子互動。

A：嗯、嗯，是、是，就像在教室裡。

R：對。

A：好，這點我不會跟你媽媽說！

R：我想她也知道！

A：謝謝，謝謝妳。

Chapter 2 結語

關鍵要點

　　請一邊努力聆聽英語的韻律、語調，一邊進行發音練習。務必反覆練習，若能達到自然產生發音變化的地步，那你的聽力也一定能同步提升。

　　在本章中，我們透過了各種不同內容來學習發音變化。注意，說話者並非有意識地去連結、省略某些音，而是順暢快速地發音，自然而然地產生了這些變化。

　　因此，各位在發音時並不需要特別思考某個音該「消失」還是該「連結」，只要自然「重現正常英語的順暢韻律、語調」即可。再次提醒讀者請認眞聆聽，努力模仿，反覆進行這樣的練習，並以「學習不如習慣」的精神，有耐性、有毅力地多多累積經驗，直到能自然產生發音變化爲止！

（中村昌弘）

Chapter 3
習慣對方因情緒產生的不規則發音

習慣對方因情緒產生的不規則發音

反覆／遲疑／說話速度快慢

西村友美

　　若是依據事先準備好的稿子來發言，就不會出現反覆或遲疑等情況。但是在未經準備的發言或一般閒談中，這些情況就很常出現，而且隨著情感起伏變化，說話者的講話速度也會快慢不一、不斷變化。在 Chapter 3 中，讓我們一同來挑戰這難關。Chapter 2 所介紹的發音變化，在某個程度上具有固定的模式，然而反覆、更正重說、遲疑、改變說話速度等，卻毫無規則可循，一切都因說話者當時的狀態、情緒而自然形成。讓我們透過本章中的自由閒談，來培養相關的洞察力吧！

反覆

　　沒有劇本的對話，或是在未整理內容就開始講話的情況下，經常會有修正重說或反覆敘述相同內容的狀況。尤其是在整段的起頭部分，例如 I was, uh, I was ... 這樣單純的重複現象，或 we were, what I want to ... 這樣替換主詞的情形。另外，在句子中間也可能產生 of, of the ... 這種一邊想著下一個字，一邊拖延時間的狀況。

　　若只靠錄音室錄製的完美英語發音教材來鍛鍊聽力，那麼聽到實際對話時，一定很難聽懂。我們耳朵真正聽到的，當然是「原音」才對。因此，在一開始練習時，請別太在意內容，請從習慣這些發音開始做起。接著，必須學會將「反覆」與「更正重說」等與主題無關的部分排除於理解的程序之外，如此就會比較容易聽懂了。

🔊 遲疑

　　和反覆一樣，遲疑也是「原音」對話中經常出現的狀況。正如前面
提過的例子，I was, uh, I was ... 中的 uh 就算是一種遲疑，而除了 uh 外，還會出現 ah, um 等。另外，像 I mean, you know, well 等以兩個以上單字構成的說法，也可視爲遲疑部分。這些都是所謂的填空語，插在句子中使用，對文法和意思都無影響。

　　由於這些字詞都沒意義，因此應將之排除於理解程序之外。要是把代表填空語的 I mean 都眞的理解爲「我的意思是」，或把 you know 都認定是「你知道」，有時反而會影響溝通的正確度！

🔊 說話速度快慢

　　一邊想一邊說的時候，說話速度就會忽快忽慢，這也是在有腳本的朗讀過程中，不太會發生的現象。對於想強調的部分，人們往往會放慢說話速度；反之，當情緒高亢時，說話速度則會變快。另外，列舉多個項目，亦即資訊重複的時候，說話速度就快，而講到不重複的內容時，速度自然放慢。這些都與說話者的情感波動密切相關，所以要仔細聽取內容，並體會對方心情，才能達到充分溝通的效果。

話說當年剛在紐約展開生活時
西村友美

💡 此單元的聽取要點

在真正的閒談中，到底會有哪些更正重說或遲疑猶豫的情況呢？在本單元中我們就來看看一些實例。

會話情境

● 出場人物
Ericka（談論過去生活的女性）
Ruth（聽 Ericka 說話的女性）

● 狀況
同樣身為紐約客的 Ericka 和 Ruth 正在聊天，而主題是 Ericka 剛搬到紐約時的事。

🔘 Listening Points

Point 1 當時與 **Ericka** 一起住的人幾歲？

Point 2 **Ericka** 說什麼東西 **kind of weird**（有點怪）呢？

> **E:** I don't think I've ever told you about the first New York experience, ①uh, ②when I- when I first moved here. I lived with this woman who was very bohemian, and she, ③um— ④this is just too funny—her- she was the girlfriend of my cousin, and she was exactly twice his age, so she was forty-four and he was twenty-two. And he was going to Parson's,

❶ uh ❸ um：填空語 ①
uh 和 um 都是很短的填空語，當說話者一時講不出話，或在整理思緒時，經常會用這些字來填補空檔。

❷ when I- when I ❻ this- the design school：更正重說 ①
這兩者屬於更正重說，不過更正重說的種類繁多，從單字等級到整句重說皆有。而為了充分理解內容，在聆聽對方說話的時候應該跳過重說部分。

❹ this is just too funny ❼ of course you do：插入句
像這樣插入式的語句，都有附帶一提的意味，而說到這些語句時，多半會改變語調並加快速度。

Ch 3　Unit 19

Word List

experience 經驗 / move 搬家 / bohemian 波希米亞 *指自由奔放的生活方式 / funny 有趣的、好笑的

⑤you know, ⑥this- the design school—⑦of course you do
—and, um, he ended up leaving to go to Paris, uh, to just,
⑧like, try his hand working for, uh, a couture house in Paris.
And he turned me on to this woman, who was looking for a
roommate.

R: Were they still together?

E: Well, I think they were gonna try the long distance thing, but
she was already onto the next guy. You know, and she was
like a fifth degree black belt, and it was just so amazing. And
it was the mo- it was the cheapest place in New York in the
early 90's. I could not believe how inexpensive it was. I- it
was a floor through, a railroad flat.

R: She'd been there for years?

E: She'd been there for years and yea- since the sixties!

R: She was paying what, fifty bucks?

E: Like, two- two-eighty, and I was paying three-fifty.

❺ you know ❽ like：填空語 ②
這些都是填空語。說話者正在遲疑，思考著下一個詞彙。這裡的 you know
和 like 並無深刻意義。

Word List

try his hand working for 打算磨練技藝 / couture house 時裝設計工作室 / turn me on
to this woman 把我介紹給這個女生 / the long distance thing *意指遠距離戀愛 / a fifth
degree black belt 黑帶五段 *指空手道 / amazing 驚人的、了不起的 / inexpensive 便宜的 /
floor through 整層的、占據一整個樓層的（公寓）/ railroad flat 廉價公寓、無走廊的公寓 *指
房間之間沒有走道，直接相連的公寓

R: Oh, so she was making a nice profit.

E: Right, a little little profit.

R: And did you have your own bedroom?

E: N-well, I was in the living room.

R: (So) You had no bedroom?

E: Which I- I had no bedroom. I was in the living room so I ...

R: So when she had friends, you had nowhere to go.

E: ⑨N- well, it was ⑩kind of ⑪c- weird, because when her boyfriend slept over, you know, it just got a little weird. So I was trying to figure out …

R: No but wait, if you wanted friends around, you had nowhere to go, or if she …

E: Well, I didn't know anybody either, so I think that was the other part of it. When I if- I- it was just wh- I had first moved there, and I'd been there a year, and I didn't know anyone.

❾ **N- well**：遲疑 + 填空語 ③
這裡的 N，本應是 No，至於 well 則是猶豫時大家經常掛在嘴邊的填空語。

❿ **kind of**：填空語 ④
這裡的 kind of 有「有點……」之意，是無深刻意義用詞。

⓫ **c- weird**：更正重說 ②
會話中也經常有這種單音型的更正重說情況。說話者本來可能想說 crazy，但是後來改用了更適合該情境的 weird 一詞。

Word List

make a profit 賺到錢、獲得利益 / nowhere 無處、沒地方 / weird 怪異的 / sleep over 過夜
figure out 理解、弄清楚 / the other part of it 住在那房子裡的另一個原因 *指舉目無親，無可奈何的一面

在此列出一些較難聽取的要點。我們一開始會先播放包含實境音效的原始錄音，然後由錄音員將同樣的內容念一遍。括號中到底該填入什麼詞句呢？請一邊注意兩段聲音的不同處，一邊聽寫出內容。

🎧 track 93

1. I don't think (   ) (   ) (   )
   (   ) (   ) the first New York experience
   uh, (   ) (   ), (   ) (   )
   (   ) (   ) (   ).

   (翻譯) 我想我應該沒跟你說過我的紐約初體驗吧，呃，就是我剛搬來的時候。

🎧 track 94

2. her- she was the girlfriend of my cousin, and she
   was exactly (   ) (   ) (   ).

   (翻譯) 她呢，是我表哥的女朋友，但是年紀足足是我表哥的兩倍。

🎧 track 95

3. ..., so I think (   ) (   ) (   )
   (   ) (   ) (   ) (   ).

   (翻譯) 所以我想那是我住下來的另一個理由。

Exercise 解説

1. **I don't think** I've ever told you about **the first New York experience uh,** when I, when I first moved here.

請注意 I've ever、told you about the、when I 這些單字之間的連音,這些都是很常見的發音連結模式。

2. **her- she was the girlfriend of my cousin, and she was exactly** twice his age.

twice 是「為……的兩倍」之意。

3. **..., so I think** that was the other part of it.

請注意聽 part of it 單字間的發音連結現象。

 track 96

「實境錄音」都聽懂了嗎?接著比較完整版「錄音室錄音」,並參考翻譯吧!

E:我想我應該沒跟妳說過我的紐約初體驗吧,呃,就是我剛搬來的時候。我跟一個生活非常自由奔放的女生住在一起,而她,嗯——這真的很有趣,她呢,是我表哥的女朋友,但是年紀足足是我表哥的兩倍——她 44 歲,而表哥才 22 歲。他那時在 Parson's,妳知道的——妳當然知道,就是那個設計學校念書,後來,嗯,他去了巴黎,呃,他到一家時裝設計工作室想磨練磨練自己的技藝。他把我介紹給這個女人,因為她在找室友。

R:那時他們還在一起嗎?

E:嗯,我想他們想嘗試一下遠距離戀愛吧,但是她很快就交了新男朋友。妳知道嗎,她還是黑帶五段,好厲害。那裡算是 90 年代紐約最便宜的公寓,便宜得令人難以置信。我——那是個整層的廉價公寓。

R:她在那裡住了很多年嗎?

E:她已經在那裡住了很多年了,打從 60 年代開始!

R:她付多少房租呢?50 美金?

E:差不多 280 塊吧,我付 350 塊。

R:喔,所以對她來說滿好賺的。

E:是啊,不無小補。

R:那妳有自己的房間嗎?

E:沒——嗯,我住客廳。

R:那,妳沒有自己的房間囉?

E:我呢——我沒有房間。我住客廳所以我……

R:所以她有朋友來的時候,妳就沒地方去了。

E:不——嗯,感覺有點怪,因為她男朋友來過夜的時候,妳知道嘛,感覺就有點怪。所以我一直想弄清楚……

R:不,等等,要是妳想招待朋友,妳就沒地方去,或者如果她……

E:嗯,當時我誰都不認識,所以我想那是我住下來的另一個理由。當時我如果——我——因為我剛到紐約的時候——我已經在那兒一年了,而我誰都不認識。

135

Unit 20
與定期上教堂的男子聊聊
中村昌弘

💡 此單元的聽取要點

    Anna 正在訪問在 Cherrydale Baptist Church 教會遇到的男子。這位男子在說話過程中，有反覆發音的傾向，而這種說話特徵聽起來有點像是口吃患者的重複現象（重複發出同樣的音，一種講話結巴的狀態）。雖不清楚他實際上是否真的口吃，但是這種連音不過是反覆發出相同音而已，對理解內容來說並無妨礙。

會話情境

● 出場人物
Anna（進行訪問的女性）
Man（定期上教堂的男性）

● 狀況
Anna 正在訪問前來教會的男子。這位男子來教會不只是做禮拜，也來工作。

🔘 Listening Points

Point 1 **Steve King 是誰**？

Point 2 這位男子來到阿靈頓 (Arlington) 幾年了 ？

> **A:** Hi, how are you?
> **M:** I'm doing good.
> **A:** Great, great, great. ①Um, so ②what b- this is, ③uh, a church.
> **M:** Yeah, this is, uh, Cherrydale Baptist Church and, um, uh, s-, Steve King is the, uh, senior pastor.
> **A:** OK, and, um, d- do you attend here, or do you work here?
> **M:** Actually, uh, both. I attend and work- and work. Uh, I help the, um, uh, Tim McGhee, which- who's the facilitator and the IT geek guy, and also my dad, which is Herb Owen is also the, um, children and family pastor here.
> **A:** Ah, great. Well, I see that there's some kind of a camp going on this week, or there's kids running around.
> **M:** Yeah, it's for ...
> **A:** Do you know anything about that?

❶ Um　❸ uh：填空語

um 或 uh 為填空語，本身並無特殊意含，一般被認為用來爭取時間以便思考出下一個詞句。

❷ what b- this is：更正重說 ①

在此說話者先說出了 what b- 後，又改成 this is, uh a church.。注意，本句句尾呈現的是問句語調，由此可推知原本應該是想問 What brings you here? 之類的問題，後來又突然改口問了別的問題。

Word List

I'm doing good. *文法上不正確，但意思等同於 I'm fine. / Cherrydale 伽利代爾 *維吉尼亞州阿靈頓北部的城鎮 / Baptist Church 浸信會 / senior pastor 主任牧師 / facilitator 輔導者（對話中男子說成 facility，可能是發音不清，也可能是單純的使用錯誤） / IT geek guy　IT 宅男（* IT指 information technology） / children and family pastor *負責處理親子問題的牧師

> **M:** Yeah, it's for, uh- it's called "Camp JBI"—it's for kids entering third to seventh grade going ④into the- into the fall, and it's, um, starting from ⑤ah- Adam and Eve, going all the way to ⑥r- Revelation.
>
> **A:** Wow, and it's for one week?
>
> **M:** Yeah.
>
> **A:** They can learn all that in one week?
>
> **M:** Yeah. ⑦They actually- what it is is, um, my dad has broken up the- the Bible into twelve steps, and everything that ha- that happens in the Bible is somewhere in those twelve steps.
>
> **A:** Uh-huh, uh-huh, wow, OK. So is it- is this church, like, your childhood church?
>
> **M:** No, actually I wa- I'm not from Arlington, I'm actually from Lynchburg, Virginia, and, uh, where also Jerry Falwell was for years, and he's now passed. But, um, actually I've

❹ **into the- into the**：反覆
以一、二個單字為單位反覆述說。由於只是單純的重複，故只要忽略多餘部分即可。

❺ **ah-Adam** ❻ **r-Revelation**：重複連音
重複發出同一個音，聽起來就像口吃。

Word List
....
Camp JBI JBI 夏令營 *伽利代爾浸信會每年夏天以年輕人為對象所舉辦的聖經學習活動 /
starting from Adam and Eve 從亞當與夏娃開始 *亦即從《舊約聖經》的《創世紀》開始 /
going all the way to Revelation 一直到「啓示錄」 *Revelation《啓示錄》是《新約聖經》的
最後一章 / break up ... into ... 將……分成…… / Jerry Falwell 傑瑞・法威爾 *電視傳教士，
為右派天主教政治團體「道德多數」(Moral Majority) 的創立者 / pass 過世

still got a grandmother that a- attends that church and, um, actually I've only been here for about s- six to or eight months.

A: In Arlington?

M: Yeah.

A: Ah, how do you like it?

M: Good.

A: Yeah?

M: Yeah.

A: It's quite different than, uh, Lynchburg or ...

M: Well, actually ⑧<u>I was- before</u> Ar- Arlington I was in Akron, Ohio, and it was a little bit more like corn fields and that kind of thing.

A: Wow, you've been all over the place, it seems.

M: Yeah, yeah.

❼ They actually- what it is is ❽ I was- before：更正重說 ②
更正重說本身的重要性並不亞於後面接著的詞句，因此，若發現對方「更正重說」時，就要更仔細聆聽接下來的內容了！

Word List
....
corn fields 玉米田 / that kind of thing 那類的事

在此列出一些較難聽取的要點。我們一開始會先播放包含實境音效的原始錄音，然後由錄音員將同樣的內容念一遍。括號中到底該填入什麼詞句呢？請一邊注意兩段聲音的不同處，一邊聽寫出內容。

🎧 track 98

1. Well I see that there's some kind of a camp going on this week, or ( ) ( ) ( ) ( ).

(翻譯) 我看到本週好像有些夏令營之類的活動，有小孩跑來跑去。

🎧 track 99

2. ..., actually I've only been here for ( ) s- ( ) ( ) ( ) ( ) ( ).

(翻譯) 我到這裡其實才六到八個月左右。

🎧 track 100

3. ..., and it was a ( ) ( ) more like corn fields ( ) ( ) ( ) ( ) ( ).

(翻譯) 那兒的感覺就像是一片片玉米田那樣的。

1. Well I see that there's some kind of a camp going on this week, or there's kids running around.

there's 和 kids 之間出現一個微弱的 [l] 音,且 kids 的 [k] 被重複發音。有可能本來想說 little,後來又改變主意沒說。像這種多餘的音,在聆聽時可直接過濾掉!

2. ..., actually I've only been here for about s- six to or eight months.

這裡聽得到 [ss] 這樣的連續發音,但由於後面馬上接著 to,聽起來就像 [ssɪkstə]。

3. ..., and it was a little bit more like corn fields and that kind of thing.

在此 that 最後的 [t] 發音消失,而 kind of 發音變成 [kaɪndə]。故整串發音連起來就是 [ðækaɪndə]。

Ch
3

Unit
20

 track 101

「實境錄音」都聽懂了嗎?接著比較完整版「錄音室錄音」,並參考翻譯吧!

A:嗨,你好嗎?
M:我很好。
A:好極了。嗯,那這兒是,呃,教會吧?
M:是啊,這裡是,呃,伽利代爾浸信會,而,嗯,呃,S-Steve King 是主任牧師。
A:是。那,嗯,你是來參加禮拜的,還是在這裡工作?
M:事實上,呃,都有。我來參加禮拜,也在這兒工作──也工作。呃,我幫,嗯,Tim McGhee 做事,這──他是教會輔導人,也是個 IT 宅男,另外我也幫我父親做事,他叫 Herb Owen,也是,嗯,負責處理親子問題的牧師。
A:啊,好極了。嗯,我看到本週好像有些夏令營之類的活動,有小孩跑來跑去。
M:是啊,那是……
A:你知道是什麼活動嗎?
M:知道,那是叫,呃──「JBI 夏令營」──是為今年秋天──秋天時將成為三到七年級的小朋友所舉辦的,那個,嗯,會從亞當與夏娃開始一直到啓──啓示錄。
A:哇,一個禮拜內嗎?
M:是的。

A:他們一個禮拜內就能學完全部嗎?
M:是的。事實上他們──嗯,我父親把聖經分成十二個階段,而聖經所有的故事內容都包含在這十二個階段的某處。
A:是、是,哇,好。所以說,這教會就等於是陪著你長大的囉?
M:不,我──其實我不是阿靈頓人,我其實來自維吉尼亞州的林奇堡,而,呃,Jerry Falwell 也在那裡待了好幾年,他已經過世了。不過,嗯,我祖母還是上──上那間教堂,而,嗯,我到這裡其實才 六──六到八個月左右。
A:你是指到威靈頓?
M:是的。
A:啊,你喜歡這裡嗎?
M:喜歡。
A:是嗎?
M:是啊。
A:這裡跟,呃,林奇堡很不一樣還是……
M:這個嘛,其實在來阿──阿靈頓之前,我曾待過俄亥俄州的亞克朗市,那兒的感覺就像是一片片玉米田那樣的。
A:哇,看來你去過好多地方呢。
M:是啊,是啊。

Unit 21
我的工作——飾品設計師
中村昌弘

💡 此單元的聽取要點

　　於本單元登場的是 Ericka 與她的朋友 Deborah。這段閒談就從 Ericka 的發言開始；Deborah 自營生意，她們談的是她的工作內容。由 Ericka 擔任搭腔與發問的角色。這段對話相當短，話中反覆及遲疑等現象也不多，所以應該很容易可以聽懂對話內容。

會話情境

● **出場人物**
Deborah（飾品設計師）
Ericka（Deborah 的朋友）

● **狀況**
身為飾品設計師的 Deborah 談起了她的工作。

🔘 Listening Points

Point 1　Deborah 所設計的飾品中，融入了什麼訊息？
Point 2　Deborah 最近設計的新珠寶叫什麼？

> **E**: Well, ①<u>te- let's talk</u> about your business, Deborah.
> **D**: Oh, my business, OK. My business is called- ②<u>I- I'm- it's</u>
> <u>called</u> Paradigms for Peace. I design items that (coughs)
> —excuse me—I design, um, items that promote peaceful
> coexistence through tolerance and constructive dialog,
> and all of the items are designed to wear and to share. ③<u>So</u>
> <u>a lot of the, uh- I- I have</u> some jewelry items, I've got some
> T-shirts with messages, ④<u>um,</u> I have some postcards with

❶ te- let's talk：更正重說 ①

Ericka 一開始似乎想以 Well, tell me about your business, Deborah. 這樣的說法起頭，但是才說到 Well, te 便更正說法，換成了 let's talk about your business。

❷ I- I'm- it's called：更正重說 ②

I- I'm- it's called 是從第一人稱改成第三人稱說法。由於它接在 My business is called ... 後面，故馬上就能判斷出這是多餘的部分，在腦中把它理解成 My business is called ... Paradigms for Peace. 即可。

❸ So a lot of the, uh- I- I have：更正重說 ③

在說出 So a lot of the 之後，接著 uh- I-，亦即以 I 為主詞，用 I have some 起頭重新建立出新的句子。由於開頭的句子才講到一半，又改成完全不同的句子重說一遍，故可判斷出 So a lot of the 是多餘部分。

Word List

Let's talk about ... 讓我們來談談…… / Paradigms for Peace *此對話中說的是 Paradigms for Peace「和平典範」，但實際正式名稱應為 Pyramid For Peace「和平金字塔」/ item 項目、品項 / promote 促進 / coexistence 並存、共生 / tolerance 寬容、忍耐 / constructive dialog 有建設性的對話 / to wear and to share 穿戴與分享 / jewelry 珠寶、首飾類

the same messages. And, ⑤uh, ⑥I'm- I've added some new jewelry items that I call "Peace-A-Cords," and those are peace symbols in different sizes on adjustable leather cords.

E: Oh, my Gosh, I love that! I love it!

D: So, you see, everything can be worn or you can share it, ⑦if the- if it's got a message on it, when you're wearing it, you're sharing it, and it's also a wonderful gift item, (E: Yes.) so buy one for yourself, buy one for somebody else and, um ...

E: Exactly.

❹ um ❺ uh：填空語
um 和 uh 為填空語，本身都不具備特殊意義。

❻ I'm- I've：更正重說 ④
將 I'm 改口為 I've。說出 I'm 後，感覺像是想到了更合適的句子，所以接著馬上改成 I've added some new jewelry items ...。

❼ if the- if it's：更正重說 ⑤
由於要接續 ... got a message on it，所以改口為 if it's。

Word List
....
Peace-A-Cords *將和平標誌形狀的裝飾掛在皮繩上而做成的飾品，利用 Peace Accords（和平協定）的諧音來命名／ adjustable 可調整的、可調節的／ leather cord 皮繩／ Oh, my Gosh 噢，天啊／ Exactly. 一點也沒錯、確實如此

 聽寫 Exercise

在此列出一些較難聽取的要點。我們一開始會先播放包含實境音效的原始錄音，然後由錄音員將同樣的內容念一遍。括號中到底該填入什麼詞句呢？請一邊注意兩段聲音的不同處，一邊聽寫出內容。

🎧 track 103

1. My business (　　　) (　　　) I- I'm- (　　　)

(　　　) Paradigms (　　　) Peace.

翻譯 我的生意，好。我的店叫——我——我是——它叫 Paradigms for Peace。

🎧 track 104

2. So a lot of the, uh- I- (　　　) (　　　) (　　　)

(　　　) items, I've got some T-shirts with messages,

um, I have some postcards with the same messages.

翻譯 所以有很多，呃，我有一些珠寶首飾、印著文字訊息的 T 恤，嗯，印有同樣文字的明信片等。

🎧 track 105

3. So you see, everything can be (　　　) (　　　)

(　　　) (　　　) (　　　) (　　　), if the-

(　　　) (　　　) (　　　) (　　　) message

on it, when you're wearing it, you're sharing it.

翻譯 所以囉，每一件東西都可穿戴或分享，如果這——如果這些物品上有文字訊息的話，那麼妳穿著它時，就等於在傳達這些訊息。

 **Exercise 解說**

1. My business is called I- I'm- it's called Paradigms for Peace.

前面提醒過，不要被 I- I'm- it's 這多餘的部分所影響。另外，請注意這裡的 for 為削弱音。

2. So a lot of the, uh- I- I have some jewelry items, I've got some T-shirts with messages, um, I have some postcards with the same messages.

同樣地，不要被 So a lot of the 這個部分所困惑。另外，jewelry [dʒuəlrɪ] 這個字的發音較不容易，請盡量多念幾次！

3. So you see, everything can be worn or you can share it, if the- if it's got a message on it, when you're wearing it, you're sharing it.

你能夠不受 if the- 的影響，明白聽懂這句話嗎？注意，share it 有發音連結的現象，念成 [ʃɛrɪt]；同樣地，if it's 連結起來，變成 [ɪfɪts]；最後 got a 念成 [gɑDɑ]，[t] 變成彈舌音。

 track 106

「實境錄音」都聽懂了嗎？接著比較完整版「錄音室錄音」，並參考翻譯吧！

E：嗯，說——談談妳的生意吧，Deborah。

D：噢，我的生意，好。我的店叫——我——我是——它叫 Paradigms for Peace。我設計一些飾品（咳嗽）——抱歉——我設計的是，嗯，透過寬容與有建設性的對話以推廣和平共存之理念的東西。所有的這些東西都設計成可以穿戴與可以分享的形式。所以有很多，呃，我有一些珠寶首飾、印著文字訊息的 T 恤，嗯，印有同樣文字的明信片等。呃，我是——我還做了一些新的首飾，叫做「Peace-A-Cords」，都是些掛在可調節長短的皮繩上，不同大小的和平標誌。

E：噢，天啊，這個我喜歡！我好喜歡！

D：所以囉，每一件東西都可穿戴或分享，如果這——如果這些物品上有文字訊息的話，那麼妳穿著它時，就等於在傳達這些訊息。而且它們也是很棒的禮品，（E：是啊。）所以妳可以自己買一個，可以買一個給別人而且，嗯……

E：一點也沒錯。

在此網站可看到 Deborah 小姐所設計的商品。包含以金字塔為主要圖案的飾品、T 恤等等，種類齊全喔！
http://pyramidforpeace.com/

其飾品不論男女皆可配戴，設計十分洗煉。

Column 13 名人雅士愛用的原創品牌

　　Deborah 小姐所設計的 Pyramid for Peace 商品，不只有針對女性而設計之飾品，網路上也有賣設計給兒童與成年男性穿的 T 恤。這些商品都融入了「be cool, be respectful, be peaceful」這樣正面積極的訊息，而且設計十分出眾，所以演出電影《綠色奇蹟》的男演員 John Coffey，以及諸多名製作人等名人雅士也都十分愛用。有興趣的人，請務必上網一探究竟！

Pyramid For Peace.com

http://pyramidforpeace.com/

（編輯部）

手機話題—— iPhone 與黑莓機

西村友美

 ## 此單元的聽取要點

　　本單元將跳過 oh 或 yeah 等較易傳達說話者情緒的感嘆詞，以較難理解的更正重說及遲疑等狀況為主進行說明。在此，Ericka 與 Ruth 正興高采烈地談論著智慧型手機。

會話情境

● **出場人物**
Ruth（聆聽對方發言的女性）
Ericka（愛用 iPhone 的女性）

● **狀況**
在 Unit 21 中出現的 Ericka 與其友人 Ruth 正在談論美國的手機。iPhone 與黑莓機兩者在美國都具有極高市占率。

 Listening Points

Point 1 黑莓機有哪些特色？

Point 2 Ericka 說她喜歡 iPhone 的哪個部分？

R: So you're enjoying your iPhone.

E: Yeah. I- I think it's great. ①I mean, ②I have- i- it's reasonable, uh, you get unlimited web surfing, uh, the apps are great. Um, yeah, I mean I- but, you know, we were, what I wanted to, uh, say though, it's kind of wild too, because some of my friends had the BlackBerry, and then they switched to the iPhone, and it was really funny, 'cause I thought some of them, you know, that maybe it was just an affectation on their thing, where you know at the end of the- of an email that's sent, or of a text that's sent, it says "Sent from my iPhone," and maybe that's a little bit ③of a- of a, uh, status thing. Do you know what I mean?

R: Maybe, but it- it says that too if it's sent from a BlackBerry though.

Ch
3

Unit
22

❶ I mean：填空語
這詞語本身無特殊意義，大約相當於「我是說」。

❷ I have- i- it's reasonable　❸ of a- of a, uh：更正重說 ①
② 先說出了 I have，但又馬上改口說 it's reasonable，故前半部可完全忽略。③ 則重複說出 of a，這是因為說話者正在思索下一個字。

Word List
....
iPhone *由 Apple 公司製造的智慧型手機 / reasonable（價格）合理的 / unlimited 無限制的 / web surfing 瀏覽網頁、逛網站 / apps　applications（應用程式）的縮寫 / wild 有趣的（口語化的說法）/ BlackBerry 黑莓機 *加拿大的 Research In Motion 公司於1997年開發出的智慧型手機 / switch to　切換至…… / funny 好玩的、有趣的 / affectation 裝模作樣的 / on their thing *= on their part status thing 用來炫耀身分地位的東西

E: ④Oh it does?

R: Oh yeah.

E: "Sent from my BlackBerry"?

R: Or it just says "Sent from Black- BlackBerry Verizon Wireless," yeah.

E: Oh, really? See, I have to say this though—⑤I do- I- I've had both: I love the BlackBerry.

R: I think the BlackBerry from what Dave says is the keyboard function, if you're doing a lot of typing. (E: Yes.) You're writing for email purposes, the BlackBerry's easier.

E: ⑥It is, it is. You can- and it's easy to cut and paste, it's easy, whereas with the iPhone, because it's on the touch thing, sometimes, you know, if your fingers are too big, you're touching the wrong key, and, yeah, it's- it- it can get a little weird that way. But otherwise, you know, I love it.

❹ **Oh it does?**
等於提出「是嗎？」這樣的疑問，但是注意這句本身非問句形式，而是以直述句句尾語調上揚的方式來表達疑問。

❺ **I do- I- I've had both：更正重說 ②**
說話者可能本來想說 I do love the BlackBerry，但是又想表達自己也用過 iPhone，換言之，她是已經體會過其優點後才導出此結論的，因此改採這個說法。

❻ **It is, it is.：反覆**
為了強調「正是如此」之意，而反覆說出 it is。

Word List

Verizon Wireless *美國的行動電話營運商 / keyboard function 鍵盤功能 / on the touch thing 以觸控方式 / weird 奇怪的 / otherwise 除此之外、否則

🎧✏️ 聽寫 Exercise

在此列出一些較難聽取的要點。我們一開始會先播放包含實境音效的原始錄音，然後由錄音員將同樣的內容念一遍。括號中到底該填入什麼詞句呢？請一邊注意兩段聲音的不同處，一邊聽寫出內容。

🎧 track 108

1. …, (　　　　) (　　　　) (　　　　) (　　　　), uh, (　　　　) though, it's kind of wild too.

翻譯 我想，呃，說的是，這也挺有意思的。

🎧 track 109

2. Do you know (　　　　) (　　　　) (　　　　)?

翻譯 妳懂我的意思嗎？

🎧 track 110

3. It is, it is. You can- and it's easy (　　　　) (　　　　) (　　　　) (　　　　), (　　　　) (　　　　), …

翻譯 沒錯，沒錯。妳可以——而且剪下貼上很容易，很容易，……

1. …, what I wanted to, uh, say though, it's kind of wild too, …

在 wanted to 和 say 之間插入了填空語 uh。另外，請注意 kind of 的連音部分。

2. Do you know what I mean?

這句話的意義就如字面上「你了解我的意思嗎？」這樣，但是隨發言方式不同，聽起來有可能變成「你到底聽懂沒？」這種上對下的說話態度，故請特別注意了。

3. It is, it is. You can- and it's easy to cut and paste, it's easy, …

因為 and 並非需強調之部分，故經常會像此處這樣，只剩 [n] 的發音。

 track 111

「實境錄音」都聽懂了嗎？接著比較完整版「錄音室錄音」，並參考翻譯吧！

R：所以妳很愛妳的 iPhone。

E：是啊，我——我覺得它很棒。我是說，我有——它價格合理，呃，可以無限飆網，呃，各種應用程式也都很讚。嗯，是的，我是說我——但是，妳知道的，我們是，我想，呃，說的是，這也挺有意思的，因為我有些朋友本來用黑莓機，後來都改用 iPhone。這真的很有趣，因為我覺得他們有些人，妳知道的，只是裝模作樣罷了，妳知道他們用 iPhone 傳 e-mail 或簡訊，最後都有「從我的 iPhone 送出」的字樣，或許這有那麼點炫耀，呃，身分地位的感覺。妳懂我的意思嗎？

R：也許吧，但是從黑莓機發訊息出去時，也會有類似的字樣。

E：喔，是嗎？

R：噢，是的。

E：「從我的黑莓機送出」的字樣？

R：或是「從黑莓機 — Verizon Wireless 送出」之類的。

E：喔，真的嗎？那，不過我必須說——我——我兩種都有過；我很喜歡黑莓機。

R：我想 Dave 說，黑莓機的優點就是鍵盤功能，如果妳經常需要輸入文字的話。（E：是的。），如果妳的目的是寫 e-mail 的話，那麼用黑莓機會比較方便。

E：沒錯，沒錯。妳可以——而且剪下、貼上很容易，很容易，而 iPhone 因為是觸控，有時候，妳知道，如果妳的手指太粗會按錯鍵，而且，對，那是——那——那樣操作起來就會有點怪。不過除此之外，妳知道，我還是很愛 iPhone。

可下載各式各樣變化多端之應用程式的 iPhone。具備觸控面板。

在美國享有極高市占率的黑莓機。採取鍵盤輸入操作。

Column 14　iPhone vs 黑莓機

　　依據美國市場調查公司 Nielsen Company 所發表的資料顯示，2009 年市占率最高的冠軍手機，是 Apple 公司的 iPhone 3G。第二名則是加拿大 RIM 公司製造的 BlackBerry8300 黑莓機。黑莓機在亞洲尚未普及，但是在美國卻享有與 iPhone 並駕齊驅的超高市占率。對於要靠飛機、汽車在廣大國土上做長距離移動的美國商務人士而言，不用啟動電腦，就能閱讀公司電子郵件這點，應該是它如此受歡迎的理由之一。（附帶一提，據說美國總統歐巴馬也是黑莓機的愛用者！）在日本，有 NTT Docomo 以一般使用者為對象所販賣的鍵盤輸入型 BlackBerry Bold 機種，而台灣的台灣大哥大也引進了多款黑莓機。

　　目前在亞洲，不論在知名度還是使用者人數方面，iPhone 都獲得了壓倒性勝利，但是今後隨著更多新機型上市，或許有一天黑莓機也可能對 iPhone 構成威脅。

（編輯部）

153

購物 ❶ 流行服飾店的排隊人龍
西村友美

💡 此單元的聽取要點

　　接下來要談的是購物。日本的高島屋在國外四個點開有分店，而 Top Shop 這個從英國起家，連 Sarah Jessica Parker（莎拉潔西卡派克）、Lindsay Lohan（琳賽蘿涵）及 Beyoncé（碧昂絲）等大明星都經常光顧的品牌，則在全世界二十九國陸續展店。

會話情境

● **出場人物**
Ericka（談起去 TOP SHOP 購物一事的女性）
Ruth（聆聽者）

● **狀況**
在 Unit 21 登場的 Ericka 與其友人 Ruth 這次聊起了紐約客對購物的狂熱態度。

圖片來源：http://commons.wikimedia.org/wiki/
File:Century_21_Department_Store_by_David_
Shankbone.jpg

 Listening Points

Point 1　兩人覺得什麼事很 **crazy**？
Point 2　**Ericka** 在高島屋發現了什麼東西？

E: I was at Top Shop, just getting back to that ①<u>four, like probably two weeks</u> after they opened, because, could you believe it? They had lines around the block to get into the store.

R: Oh I know, I know, crazy.

E: That's crazy!

R: Only in New York do people line up …

E: To get into …

R: To be the first at something, whether it's a movie, or a shop …

E: To spend money!

R: … and you're like, "It will be there tomorrow! What is the rush?"

Ch
3
Unit
23

❶ **four, like probably two weeks**：更正重說
說話者一開始應是腦中先閃過了 four weeks ，然後再更正為 two weeks。

Word List

Top Shop *英國的流行服飾品牌 / have lines 形成隊伍、人龍 / get into 進入…… / line up 排隊 / to be the first at something 為了某事搶第一 / rush 匆忙

155

E: ②<u>Absolutely, absolutely!</u> I mean, ③<u>just, just crazy, crazy!</u> But I think …

R: What would you like? What's on your wish list?

E: Well, actually, ④<u>you know</u> what was really cool, was I was at Takashimaya, ⑤<u>like</u>, a couple of, uh, a couple of days ago. And, you know, my line is carried there too, so I went in and, um, I saw some gorgeous bags. ⑥<u>I mean</u>, just big, leather, lightweight, but just this beautiful leather in all these amazing colors, and, ⑦<u>oh, my gosh</u>, just fantastic. So I was, I- I was just, like, salivating over them, they were so gorgeous. And the store in general is so beautiful, so, you know.

R: Yeah, it is. It's, uh, it's exquisite.

❷ Absolutely, absolutely! ❸ just, just crazy, crazy!：反覆
在對話中，說話者經常會透過反覆訴說欲強調事物之方式，將強烈的情緒傳達給對方。

❹ you know ❺ like ❻ I mean：填空語
這些都是前面單元中已學過的「填空語」。一時詞窮，或需整理思緒時會用到的詞句。

❼ oh, my gosh：感嘆詞
感嘆詞沒有時態變化，為單獨成立的詞句，用以表現說話方的情感與喜怒哀樂等情緒。感嘆詞經常被插入文句中使用，這樣更能充分傳達說話者的感覺。

Word List

wish list 願望清單（預定購買的商品清單）/ cool 酷 / my line is carried there 我的產品在那兒販售 *line 在此是「系列商品」之意，carry 則指「將（商品）放在店內販售」/ gorgeous 極為美麗的 / lightweight 輕的 / amazing 令人驚訝的 / oh, my gosh 噢，我的天啊 / salivate 流口水 / exquisite 精美的

聽寫 Exercise

在此列出一些較難聽取的要點。我們一開始會先播放包含實境音效的原始錄音，然後由錄音員將同樣的內容念一遍。括號中到底該填入什麼詞句呢？請一邊注意兩段聲音的不同處，一邊聽寫出內容。

🎧 track 113

1. ..., because, (　　　　) (　　　　) (　　　　)
(　　　　)?

(翻譯) ……，因為，妳相信嗎？

🎧 track 114

2. They had lines (　　　　) (　　　　) (　　　　)
(　　　　) (　　　　) (　　　　) (　　　　)
(　　　　).

(翻譯) 為了進去店裡而排成的人龍，繞了整個街區一圈。

🎧 track 115

3. To be (　　　　) (　　　　) (　　　　)
(　　　　), whether (　　　　) (　　　　)
(　　　　), (　　　　) (　　　　) (　　　　) ...

(翻譯) 什麼都要搶第一，不論是電影院還是商店……

Exercise 解說

1. ..., because, could you believe it?

請注意聽取原錄音裡融入情感的表達方式。這句被一個字一個字地清楚說出來，還加上了抑揚頓挫的語調。

2. They had lines around the block to get into the store.

在原錄音中，around the block 有發音連結的現象，但是為了強調，to get into the store 採取各個單字獨立發音的方式。

3. To be the first at something, whether it's a movie, or a shop ...

請注意聽取 whether A, or B 的上升語調。

 track 116

「實境錄音」都聽懂了嗎？接著比較完整版「錄音室錄音」，並參考翻譯吧！

E：在 Top Shop 開幕約四週後，嗯，可能是兩週後，我又去了一次，因為，妳相信嗎？為了進去店裡而排成的人龍，竟然繞了整個街區一圈。

R：喔，我知道，我知道，真是瘋了。

E：真的很誇張！

R：只有在紐約人們愛排隊……

E：只為了進到……

R：什麼都要搶第一，不論是電影院還是商店……

E：去花錢！

R：……妳會想：「明天它還在那兒啊！急什麼？」

E：一點都沒錯，我是說，就是很誇張，太扯了！不過我覺得……

R：妳想買什麼？妳的願望清單上列了什麼？

E：嗯，其實，妳知道嗎，最酷的是兩三，呃，兩三天前我到高島屋，妳知道的，我的商品在那裡販售，所以我就進去，嗯，看到幾個好漂亮的包包。我是說，又大、又輕的皮製包包，那些皮革的色彩繽紛，噢，天啊，簡直棒極了。所以，我呢，我——我看得都要流口水了。那幾個包包實在是太美了。那家店整體來說也很漂亮，所以，妳知道的。

R：是啊，是很漂亮。那家店，呃，是相當精美。

紐約的第五大道，是名牌商店林立的熱鬧大街。經常都擠滿了人潮。

Column 15　TOP SHOP 紐約店

　　英文裡有個詞叫「Fast Fashion」（快速時尚），指的是將流行的服飾在短時間內以低價販賣的商業型態，來自日本的 UNIQLO（優衣庫）便是一例。1968 年誕生於英國的 TOP SHOP，在全世界（包括日本）三十個以上的國家開店，而令人意外的是，紐約到了 2009 年 4 月 2 日才開了第一家 TOP SHOP，位於 Abecrombie & Fitch 及 H&M、FOREVER21 等人氣品牌店密集的蘇活區百老匯大道上。開幕當天，不僅有與 TOP SHOP 合作開發獨特商品的英國名模 Kate Moss 到場致意，對流行極為敏感的紐約客們也大排長龍，造成話題。

　　另外，你知道嗎？在紐約購買鞋子和衣服等商品時，只要金額低於110 美金，都不必支付消費稅。這就是以「低價時尚」為賣點的「Fast Fashion」！由於這條法律不知何時會突然修改，所以行經紐約時，無須猶豫，或許買到就賺到囉！

（編輯部）

購物 ❷ 超值品挖寶祕辛

西村友美

💡 此單元的聽取要點

　　由 Salvation Army（救世軍）所經營之小商店為了募集資金，都會販賣一些捐贈品或中古商品。Ruth 就在這種小商店中買到了超值珍寶。而在聆聽事情原委的過程中，Ericka 對其價格的低廉程度不禁讚嘆連連！

會話情境

● 出場人物
Ericka（聆聽者）
Ruth（聊起在救世軍購物一事）

● 狀況
Ericka 與 Ruth 仍繼續聊著購物相關話題。而這段對話就從 Ruth 向 Ericka 提及自己在某商店買到超便宜服飾一事開始。

🔵 Listening Points

Point 1　**Ruth** 去的店在哪裡？

Point 2　據 **Ruth** 所述，去店裡的客人都是怎樣的人？

R: I can't really mention that I really shop at the Salvation Army occasionally.

E: Why not? Gee. That's called "vintage."

R: Yeah, but at half price on Wednesdays you can't beat ninety-nine cents.

E: Are they cute? Are the things cute?

R: Nearly everything I wear right now is from the Salvation Army.

E: Oh, and it's very cute: the pants you're wearing …

R: Ninety-nine cents for nearly everything.

E: Oh, my Gosh! This red is so cute, and I love ①<u>this, this</u>, ②<u>like</u>, aqua color.

R: I got dress pants, um, Ann Taylor, white, (E: Ah!) all lined for a dollar ninety-nine. ③<u>Everyth- I nearly-</u> I go there and spend, like, four bucks.

Ch 3

Unit 24

❶ this, this：反覆
這句很短，應該不會妨礙內容理解。

❷ like：填空語
like 在這裡只是「填充語」，不具太大意義。

❸ Everyth- I nearly-：更正重說 ①
這是二度改用不同詞彙的更正重說現象。

Word List

I can't really mention that … 對……一事我羞於啓齒 / the Salvation Army 救世軍 *基督教的派別之一，模擬軍隊形式構成其組織，以資源回收事業、跳蚤市場等聞名 / gee 哇、咦、啊 vintage 古色古香的、復古的 *這裡指二手衣的形象已轉變為復古風格 / cute 可愛的 / aqua color 水藍色 / Ann Taylor *廣受職業婦女喜愛的紐約服飾品牌 / all lined for a dollar ninety-nine 含內襯裡 1.99 美元

E: Oh, my Gosh, you're kidding! And ④come out of there- you spend four dollars and you come out of there with two outfits.

R: And then I bring it to home, wash it 'n' try it on, and if I don't like it, then I'm, like, OK.

E: Yeah, so and you can just donate it back, I mean, and it's only ninety-nine cents.

R: Oh, I give it to somebody.

E: Which one do you go to?

R: Uh, the one on Atlantic Avenue, but ⑤it's actually, now the little cool Mister hipsters are starting to find out about it. But luckily they sort of get the 80's garb, but um, otherwise it's only, it's old people going in there. But now there's some you know ⑥if you go in there with the intention of- is- it's a recreational activity, (E: Right.) then you'll find something.

❹ come out of there- you spend four dollars
❺ it's actually：更正重說 ②

④ 是因說話者太急，而將 come out of there 與 you spend four dollars 的前後順序說反了，故接著修正重說。而 ⑤ 則是先說了 it's actually，但是後來想到更確實的說法，所以修正重說。由於這段會話的氛圍有些亢奮，因此產生了各種更正重說的現象。

Word List

··

you're kidding! 你在開玩笑吧！不會吧！ / you come out of there with two outfits 你從那間店買了兩套衣服出來 / try it on 試穿 / donate 捐贈 / Mister hipsters 時尚型男、追求時髦的男子 / sort of 有那麼一點兒 / garb 服裝

If you go in there desperately looking for something ... probably not. But when it's half price, you know- and nothing's over ten bucks anyway.

E: Oh, my Gosh. Well, what's there? Do they have, like ...

R: I mean, in the, in the- in the winter I was in there and this girl picked up a Marc Jacobs coat, no kidding, and it was a half-price day, and, um ...

E: How much was it?

R: Oh, she got it for fourteen dollars.

E: A Marc Jacobs coats?

R: Oh, you get Marc Jacobs, you get- you get all sorts in there.

E: For fourteen dollars?

R: Yep!

❻ **if you go in there ... you'll find something**：更正重說 ③ + 說話
速度的變化

這句話較長，中間還出現更正重說，幸好有速度變化及語調抑揚頓挫的差異，我們才得以較輕鬆地聽出說話者想表達之意義。注意，其後的一句話基本上用了同樣的句型，但是中間有省略。

Word List
....
desperately 拚命地 / Marc Jacobs 馬克．傑考伯斯 *紐約出生的時裝設計師 (1963 ~)，同時
也是其品牌名稱

聽寫 Exercise

在此列出一些較難聽取的要點。我們一開始會先播放包含實境音效的原始錄音，然後由錄音員將同樣的內容念一遍。括號中到底該填入什麼詞句呢？請一邊注意兩段聲音的不同處，一邊聽寫出內容。

🎧 track 118

1. (　　　　) (　　　　　) (　　　　　) (　　　　　)

(　　　　) (　　　　　) is from the Salvation Army.

(翻譯) 我現在穿的幾乎全是從救世軍那兒買來的。

🎧 track 119

2. And then I bring it to home, (　　　　) (　　　　)

(　　　　) (　　　　　) (　　　　) (　　　　　), …

(翻譯) 然後我把衣服拿回家洗乾淨再試穿，……

🎧 track 120

3. … (　　　　) (　　　　　) (　　　　　) (　　　　　)

(　　　　) (　　　　　) (　　　　　) (　　　　)

(　　　　) (　　　　　) (　　　　　) (　　　　).

(翻譯) ……不過其實現在那些時尚型男已經開始注意到了。

 **Exercise 解說**

1. Nearly everything I wear right now is from the Salvation Army.

這句的主詞部分很長。其中「全部 (everything)」這個名詞後面,用了「我現在穿的 (I wear right now)」這樣的形容詞來修飾(後置修飾)。

2. And then I bring it to home, wash it 'n' try it on, …

and 因發音省略現象而成了 'n',故其前後兩字的連結性也變得更強。也就是說,你可把「洗」和「試穿」想成是一整體的內容。

3. … the little cool Mister hipsters are starting to find out about it.

hipster 代表「對流行敏感的人」,再加上 Mister,藉此強調這類人的帥氣程度。而 cool 本身也有「酷帥、好看」之意。

 track 121

「實境錄音」都聽懂了嗎?接著比較完整版「錄音室錄音」,並參考翻譯吧!

R:我實在很不好意思提,我偶爾會去救世軍那兒買東西。

E:為何不?哎呀,那叫「復古」耶!

R:是啊,週三的半價 0.99 元特賣實在讓人難以抗拒。

E:妳買的東西可愛嗎?那些東西可愛嗎?

R:我現在穿的幾乎全是從救世軍那兒買來的。

E:喔,很可愛啊:妳穿的這件褲子……

R:幾乎所有商品都 0.99 元。

E:噢,我的天啊!這件紅色的好可愛,我喜歡這、這,嗯,這件水藍色的我也很喜歡。

R:我還買了套裝長褲,嗯,Ann Taylor的,白色的,(E:啊!)含內襯裡 1.99 元。所有的——我幾乎——我到那兒花了約 4 塊錢。

E:喔,我的天啊,妳在開玩笑吧!妳從那間店出來——妳只花了 4 塊錢就從那兒買了兩套衣服出來。

R:然後我把衣服拿回家洗乾淨再試穿,而要是試穿後不滿意,那我嘛,也無所謂。

E:是啊,妳還可以捐回去,我是說,反正只花了 0.99 元。

R:噢,我會送人。

E:妳都到哪一家?

R:呃,在亞特蘭提大道上那家,不過其實現在那些時尚型男已經開始注意到了。不過還好他們找的都是 80 年代的服裝,而,嗯,其他到那兒的客人多半都是老人。可是現在那邊有,妳知道的,如果妳把到那兒當成是,是一種,休閒活動,(E:對。)妳就會挖到寶。如果妳到店裡拚命找某樣東西……可能找不到。不過,東西是半價的時候,妳知道的——而且所有商品都不超過 10 塊錢。

E:噢,我的天啊。嗯,那裡到底有些什麼?他們有沒有像……

R:我是說,我冬天去的時候,有個女生拿起一件 Marc Jacobs 的外套,不騙你,那天又剛好半價,所以,嗯……

E:多少錢?

R:噢,她花了 14 塊錢就買到了。

E:買到 Marc Jacobs 的外套?

R:噢,你可以買到 Marc Jacobs,妳可買到——妳在那裡可以買到各式各樣的服飾。

E:只要 14 塊?

R:是的!

165

Chapter 3 結語

「更正重說」、「反覆」、「遲疑」、「說話速度快慢」——這些在自然對話中常見的元素，都與說話者情緒密切相關。讀者應以「充分感受說話者的心情」為目標來訓練聽力。請反覆再反覆，不斷聽取，直到習慣這些元素為止。在讀過本書，對發音變化原理達到某種程度的理解後，若能進一步挑戰充滿許多自然對話的電影等素材，是不錯的選擇。很多英語高手都是靠電影來學習英語的，用這種方式可以邊享受邊學習，並在不知不覺中，達到反覆聆聽多次之目的。

希望本書所介紹的要點能對各位讀者的聽力，以至於發音有所助益。若能達此目的，身為作者的我們將同感欣喜。

（西村友美）

國家圖書館出版品預行編目資料

從實境錄音聽懂老外說英文 / 西村友美, 中村昌弘作；陳亦苓譯.
-- 初版. -- 臺北市：貝塔，2011. 09
　　面：　公分

　ISBN: 978-957-729-852-2（平裝附光碟片）

　1. 英語　2. 讀本

805.18　　　　　　　　　　　　　　　　　　100014620

從實境錄音聽懂老外說英文

作　　者 / 西村友美、中村昌弘　　　　譯　　者 / 陳亦苓
執行編輯 / 朱曉瑩

出　　版 / 貝塔出版有限公司
地　　址 / 台北市 100 館前路 12 號 11 樓
電　　話 / (02)2314-2525
傳　　真 / (02)2312-3535
郵　　撥 / 19493777 貝塔出版有限公司
客服專線 / (02)2314-3535
客服信箱 / btservice@betamedia.com.tw

總 經 銷 / 時報文化出版企業股份有限公司
地　　址 / 桃園縣龜山鄉萬壽路二段 351 號
電　　話 / (02) 2306-6842

發　　行 / 智勝文化事業有限公司
地　　址 / 台北市 100 館前路 26 號 6 樓
電　　話 / (02)2388-6368
傳　　真 / (02)2388-0877

出版日期 / 2011 年 9 月初版一刷
定　　價 / 250 元
I S B N / 978-957-729-852-2

GENCHI NAMA ROKUON AMERCIA EIGO WO KIKU
Copyright © Tomomi Nishimura, Masahiro Nakamura 2010
Editted by COSMOPIER PUBLISHING COMPANY, INC.
All rights reserved.
Original Japanese edition published in Japan by COSMOPIER PUBLISHING
COMPANY, INC.
Chinese (in complex character) translation rights arranged with COSMOPIER
PUBLISHING COMPANY, INC. through KEIO CULTURAL ENTERPRISE CO., LTD.

貝塔網址：www.betamedia.com.tw

喚醒你的英文語感！

折後釘好，直接寄回即可！

100 台北市中正區館前路12號11樓

貝塔語言出版 **收**
Beta Multimedia Publishing

寄件者住址 ☐☐☐

謝謝您購買本書！！

貝塔語言擁有最優良之英文學習書籍，為提供您最佳的英語學習資訊，您可填妥此表後寄回（免貼郵票）將可不定期收到本公司最新發行書訊及活動訊息！

姓名：＿＿＿＿＿＿＿＿＿＿　性別：口男 口女　生日：＿＿年＿＿月＿＿日

電話：(公)＿＿＿＿＿＿＿(宅)＿＿＿＿＿＿＿(手機)＿＿＿＿＿＿

電子信箱：＿＿＿＿＿＿＿＿＿＿＿＿＿＿

學歷：口高中職含以下 口專科 口大學 口研究所含以上

職業：口金融 口服務 口傳播 口製造 口資訊 口軍公教 口出版
　　　口自由 口教育 口學生 口其他

職級：口企業負責人 口高階主管 口中階主管 口職員 口專業人士

1.您購買的書籍是？＿＿＿＿＿＿＿＿＿＿＿

2.您從何處得知本產品？(可複選)
　　　口書店 口網路 口書展 口校園活動 口廣告信函 口他人推薦 口新聞報導 口其他

3.您覺得本產品價格：
　　　口偏高 口合理 口偏低

4.請問目前您每週花了多少時間學英語？
　　　口 不到十分鐘 口 十分鐘以上，但不到半小時 口 半小時以上，但不到一小時
　　　口 一小時以上，但不到兩小時 口 兩個小時以上 口 不一定

5.通常在選擇語言學習書時，哪些因素是您會考慮的？
　　　口 封面 口 內容、實用性 口 品牌 口 媒體、朋友推薦 口 價格口 其他＿＿＿

6.市面上您最需要的語言書種類為？
　　　口 聽力 口 閱讀 口 文法 口 口說 口 寫作 口 其他＿＿＿

7.通常您會透過何種方式選購語言學習書籍？
　　　口 書店門市 口 網路書店 口 郵購 口 直接找出版社 口 學校或公司團購
　　　口 其他＿＿＿

8.給我們的建議：＿＿＿＿＿＿＿＿＿＿＿

喚醒你的英文語感！

Get a Feel for English !